KB114465

한의 스페셜리스트 6

가프 장편소설

초판 1쇄 찍은 날 § 2018년 6월 27일
초판 1쇄 펴낸 날 § 2018년 7월 4일

지은이 § 가프
펴낸이 § 서경석

총괄팀장 § 최하나
편집책임 § 이선근

펴낸곳 § 도서출판 청어람
등록번호 § 제387-1999-000006호
등록일자 § 1999. 5. 31
어람번호 § 제1-2927호

주소 § 경기도 부천시 원미구 부일로 483번길 40 서경B/D 3F (우) 14640
전화 § 032-656-4452 팩스 § 032-656-4453
http://www.chungeoram.com
E-mail § chungeorambook@daum.net

ISBN 979-11-04-91775-2 04810
ISBN 979-11-04-91658-8 (세트)

6

가프 장편소설

FUSION FANTASTIC STORY

한의 韓醫
스페셜
리스트

청어람
도서출판

Contents

1. 신침(神鍼) 앞에 불치 없다

"여기다."

아버지가 요양병원을 가리켰다. 서울의 외곽이었다. 한의원을 나온 윤도는 아버지를 만났다. 둘은 한 차를 타고 요양병원으로 달려왔다.

"보호자와는 연락이 되었나요?"

윤도가 물었다.

"그럼 사모님이 굉장히 좋아하시더라고. 아마 기다리고 계실 거야."

아버지는 약간 고조되어 있었다.

병원은 문부터 통제가 되고 있었다. 정신병원 계통의 요양병원인 까닭이었다. 치매나 정신 질환이 심한 사람들은 여러 이유로 병원을 나갈 수 있었다. 환자도 보호자도, 병원 측도 난감해진다는 이유를 내세운 통제였다.

"이상균 환자 좀 뵈러 왔습니다만."

아버지가 인터폰에 대고 말했다. 간병인이 나와 문을 열어 주었다. 60대 후반의 중국 동포였다. 그러고 보니 여러 간병사들이 그랬다. 애달팠다. 어떻게 보면 그들 역시 누군가의 손길이 필요한 노년이기 때문이었다.

"오셨어요?"

이 사장의 아내가 아버지를 반겼다.

"저희 아들입니다."

아버지가 윤도를 소개시켰다.

"아유, 와줘서 고마워요."

사모님은 정성껏 윤도를 맞이했다.

"고생이 많으시죠."

인사를 하고 복도 끝의 병실로 향했다. 1층 남자 병실이다. 병실에는 세 명씩의 환자가 생활하고 있었다. 혼자 중얼거리는 사람도 있고 누워서 숨만 쉬는 사람도 있었다.

"여보, 채 사장님 왔어요."

사모님이 침대의 이상균에게 말했다. 이상균은 그나마 독방이었다. 다만 사지가 묶여 있었다. 정신병원 계통의 요양병원은 입원 시에 사지 결박 각서를 요구하는 경우가 많았다. 환자가 발작을 하거나 자해할 수 있다는 게 이유였다.

"병원 측에는 말씀을 드리셨나요?"

윤도가 이상균의 사모님에게 물었다. 남의 병원이다. 그렇기에 병원 측의 수락은 필수적이었다.

"네. 이 사람 주치의에게 말했어요. 한의사 선생님이 오셔서 침 좀 놓아도 되냐고 했더니 괜찮다고 했어요."

"주치의라면?"

"여기 원장님 말고 의사가 또 있거든요. 우리 이 양반 주치의 이름은 김동광이에요."

"그럼 진료 시작하겠습니다."

윤도가 진맥에 들어갔다. 막 맥이 짚으려 할 때 거친 발소리가 들렸다.

"뭡니까?"

뒤에서 까칠한 소리가 날아왔다. 돌아보니 장년의 의사가 서 있었다.

"안녕하세요? 원장님."

사모님이 인사를 했다.

"뭐냐고 물었습니다."

의사가 윤도를 쏘아보았다.

"저기 우리 집 양반, 침 좀 놓으려고요. 김 선생님께 말씀드렸어요."

사모님의 설명이 이어졌다.

"이분이 한의사신데 치매에 좋은 침을 놓는다고 해서… 김 선생님께 다 설명드리고 허락받았는데……."

"지금 무슨 말씀을 하는 겁니까? 안 됩니다."

의사가 단칼에 자르고 나왔다.

"왜요? 김 선생님은……."

"글쎄 김동광 선생이 무슨 말을 했는지 모르지만 중요한 진료와 처방은 제 권한입니다. 더구나 이 환자분은 아드님과 며느님이 주 보호자로서 입원시킨 거 아닙니까? 우리 병원 처방 외에 다른 진료를 받으시려면 아드님 부부가 오셔야 합니다."

"우리 아들 부부요?"

"예."

"아들하고 며느리는 바쁜데… 잠깐 침만 맞는 건데도 안 돼요? 김 선생님은 된다고……."

"글쎄 몇 번을 말씀드립니까? 원장은 나예요."

"아휴, 아들은 바쁜데… 내가 아내인데도 안 된단 말이에요?"

"예."

의사는 단호했다. 반면 사모님은 울상이 되었다. 뭔가 주저하는 느낌이 강했다. 가족 관계가 편하지 않은가? 아니면 사모님이 집에서 발언권이 없는가? 윤도의 고개가 갸웃 돌아갔다.

"아드님 부부가 안 오시면 허락 못 합니다. 저분 모시고 나가주셔야겠습니다."

원장이 문을 가리켰다.

"잠깐만요. 아들이 요즘 바빠서 얘기를 못 했는데… 내가 전화 좀 해볼게요."

사모님이 겨우 전화기를 꺼내 들었다.

"아들이 온다고 하네요."

통화를 끝낸 사모님이 의사를 바라보았다. 의사는 팔짱을 낀 채 힘이 들어간 눈을 풀지 않았다. 30여 분쯤 후에 최고급 세단 한 대가 도착했다. 아들과 아내였다. 아내의 모습은 윤도의 눈살을 찌푸리게 만들었다. 병원 오는 차림이 아니라 스타들의 공항 패션처럼 요란했다.

"한의사요?"

사모님을 바라보는 아들 부부는 처음부터 위압적이었다.

"그래. 이분이 채윤도 선생이라고 장안의 화제가 된 그 명의시란다. 네 아버지랑 거래하시던 채 사장님 알지? 마침 그분 아드님이라 귀한 시간 내주셨어."

사모님의 목소리는 애달프다. 그건 결정권이 없다는 반증이었다. 아들의 시선이 윤도에게 건너왔다. 굉장히 불손한 눈빛이었다.

"안 됩니다."

아들 역시 의사와 같은 반응이었다.

"승환아."

"어머니, 정신 차리세요. 대학병원에서도 어렵다고 한 치매입니다. 그런데 침이라뇨? 침으로 뭐 하게요? 그러다 부작용 생기면 누가 책임질 거냐고요?"

"글쎄 이 선생님은……."

"채 사장님."

아들이 아버지에게 다가섰다.

"나한테 왜 이러십니까? 우리 아버지하고 나름 각별한 사이 아닙니까?"

"예……."

"그런데 이게 무슨 짓이에요? 멀쩡하게 전문병원에 입원해 있는 분에게 침이나 맞으라고 어머니를 현혹하시다뇨? 무슨 꿍심이라도 있습니까?"

"꿍심이라뇨? 나는 그저 우리 아들 침이 효과가 좋기에……."

"치매에 말입니까?"

"한번 맞아보시죠. 나쁠 거 없지 않습니까?"

"허, 이 양반이 정말… 치매가 소화불량입니까? 개나 소가 앓는 감기 몸살이냐고요?"

아들이 콧김을 뿜었다. 순간, 복도 앞의 대기실에서 비명이 울렸다.

"까악!"

아들 아내의 비명이었다. 아들을 떠밀어놓고 관망하던 그녀. 환자 중의 하나가 몰래 다가와 그녀를 잡아끈 것이다. 나

집에 가야 해. 문 좀 열어줘. 환자는 늘어진 아내를 잡고 같은 말을 되풀이했다. 간병사들이 달려와 환자를 떼어냈다. 아들의 아내는 이미 기절한 후였다.

"아버지……."

소동을 보며 윤도가 입을 열었다.

"……."

"그냥 가시죠."

화가 났다. 남의 병원인 것은 이해가 갔다. 그래서 주치의에게 허락을 구한 일이다. 그럼에도 불구하고 자행되는 찬밥 대접. 이런 대우를 받으며 침술을 펼치고 싶지 않았다.

"그래… 그게 좋겠지?"

애잔하게 대꾸한 아버지가 이상균을 돌아보며 뒷말을 이었다.

"저 양반… 운도 없구나. 사실 저 아들을 굉장히 싫어하거든. 아마 제정신만 있다면 회사도 전문 경영인에게 넘겼을 거야. 어쩌면 저 아들은 이 사장님이 치매에 걸린 걸 쌍수 들고 환영할지도 몰라. 덕분에 며느리 내세워 회사를 거머쥐게 되었거든. 그래서 아들 제쳐놓고 사모님과 입을 맞춘 건데……."

"……?"

아버지의 말이 윤도의 뒤통수를 흔들었다. 그제야 이 사태가 이해가 되었다. 조금 전의 원장과 아들은 한통속이다. 아들 입장에서는 어떻게든 아버지를 병원에 오래 묶어두어야 한다. 아니, 영원하면 더 좋다. 그런데 느닷없이 한의사가 등장했다. 만에 하나 치료가 된다면 그건 반가운 일이 아니었다.

결론이 거기에 이르자 생각이 달라졌다. 윤도가 실망에 젖은 사모님에게 다가섰다.

"사모님."

"예?"

"저희 아버지 말이 사실인가요?"

"예……."

"그럼 조금 전의 의사가 이 병원 실질 경영자로군요?"

"그렇다고 들었어요."

"사모님은 저희 아버지와 뜻이 같은가요?"

"물론이죠. 내 배로 나은 아들이지만 글러먹었고 더구나 못된 며느리를 만났어요. 쟤들이 회사를 맡게 되면 다 말아먹을 거예요. 저이가 얼마나 애를 쓴 회사인데……."

"그럼 아드님에게 가세요."

"아들에게요?"

"며느님이 기절한 거 같으니 가서서 최대한 시간을 끄세요. 그동안에 제가 사장님을 어떻게 한번 해보겠습니다."

"되겠어요?"

"해봐야죠. 기왕 온 걸음인데……."

"아이고, 선생님. 고맙습니다."

사모님이 윤도 손을 잡았다.

"빨리 가세요. 시간 끄는 거 잊지 마시고요."

"네."

사모님이 복도로 나갔다. 아버지는 복도에 세웠다. 그런 다음 심호흡을 하고 진맥을 잡았다. 이상균의 맥이 윤도 손끝으로 전해왔다. 오장육부가 다 좋지 않았다. 그 영향으로 심장에 병이 들었다. 덕분에 심장에 있는 구멍이 죄다 폐쇄 직전이었다. 가래가 찬 것이다. 이 구멍이 가래로 막히면 정신력이 약해진다. 환자는 심장이 병들어 생긴 치매였다.

혀를 확인했다. 혀에도 병색이 완연했다. 심장의 기혈이 바닥난 게 확실했다. 심장의 병은 낮보다 밤에, 여름보다 겨울에 더 심해진다. 얼굴이 흙빛이면 머잖아 사망할 수도 있었다.

'이런……'

병세를 짚어가던 윤도의 등골에 식은땀이 흘렀다. 이 환자는 심장을 제외한 사장육부를 먼저 치료해야만 했다. 그래야 심장에 막힌 7개 구멍에 길이 난다. 그 길이 나면 치매는 저절로 나을 일이었다. 그러자면 시간이 필요했다.

하지만, 여기는 병원. 환자 아들의 아내가 기절을 했다지만 오래가지 않을 수 있었다.

'어쩐다?'

영약을 꺼내 들었다. 영약을 약침으로 심장 혈자리를 잡으면 잠깐은 효과가 날 수도 있었다. 그러나 기초를 다지지 않고 목적만 취하는 건 의술이 아니었다. 고뇌하는 순간, 복도에서 말소리가 들렸다.

"아직 안 갔습니까? 비키세요."

아들의 목소리였다.

"애, 네 아버지 주무신다. 그러니 가서 며느리부터 살피자니까."

"의식이 안 돌아오니 큰 병원으로 가야 한다잖아요. 이 안에 내 핸드폰이 있다고요."

아들 손이 사모님과 윤도 아버지를 밀어냈다.

드륵!

병실 문이 거칠게 열렸다. 하지만 아들의 기세는 거기서 내려앉았다.

"아버지……."

아들은 감히 병실 안으로 들어서지 못했다. 약을 먹고 몽롱하게 잠들었던 아버지. 그 아버지가 꼿꼿하게 앉아 있는 게 아닌가?

"여보."

사모님이 그 뒤로 달려들었다.

"오랜만인데 반갑지 않은 목소리구나?"

이상균의 목소리가 나왔다. 지치고 맥없는 목소리. 그러나 환청과 환상을 보며 헛소리를 지껄이던 그 정신 나간 모습은 아니었다.

"당신……."

아들이 윤도를 쏘아보았다. 윤도는 어깨를 으쓱해 보이며
무시해 버렸다.

"네가 이분의 침술을 막았다고?"

이상균이 물었다.

"그, 그게 아니라……."

"막지 말거라. 나를 위해 하늘에서 보내준 명의시니."

"……."

"솔직히 믿기지 않으시죠."

윤도가 나섰다.

"……."

"아내분, 정신이 돌아오지 않으셨나요?"

"……."

"지금 어디 있죠?"

"앰뷸런스 타려고……."

대답은 사모님 입에서 대신 나왔다.

"치료에 동의하면 제가 5분 안에 해결해 드리죠."

"당신이?"

"따라오세요."

윤도가 앞서 걸었다. 아들은 아버지를 한번 돌아본 후에 윤
도 뒤를 따랐다. 며느리는 침대에 있었다. 아직 정신이 돌아오
지 않았다.

"침 한 대면 됩니다."

윤도가 의사에게 말했다. 비켜서라는 요청이었다. 의사가 주저하는 사이에 윤도의 장침이 백회혈로 들어갔다. 거기서 침 끝을 돌리자 며느리가 꿀럭 움직였다.

"여보!"

아들이 반색을 했다. 윤도는 침감을 조금 더 가했다. 하지만 '완전'까지는 가지 않았다. 일종의 반의식 상태로 침감을 맞춘 것이다.

"한 시간 정도 안정하면 정상으로 돌아올 겁니다. 그사이에 손발이나 열심히 주물러 주시기 바랍니다. 침은 제가 올 때까지 건드리지 마시고."

그 말을 남기고 돌아섰다. 아들이 윤도를 바라보았다.

"손발!"

윤도가 턱짓을 했다. 강력한 위엄이었다. 아들은 며느리 곁으로 다가가 손발을 주물렀다. 그는 아내에게 휘둘리는 남자였다. 성실한 아버지와 달리 아버지의 후광으로 음주가무를 즐기는 양아치 과에 속하는 탓에 아버지에게 인정받지 못했다. 그렇기에 아내에게 얹혀살았다. 이번 일 또한 아내의 조종을 받는 형편이었다. 그러니 아내의 안위에 목숨을 걸 수밖에 없었다.

"여보오."

찌질하게 울먹이는 목소리만 봐도 견적이 나왔다.

병실로 돌아온 윤도가 진료를 이어갔다. 이상균은 다시 늘어져 있었다. 겨우 뜬 눈이 파르르 흔들렸다. 조금 전, 그건 기적이었다. 상황상 어쩔 수 없이 편법을 쓴 윤도였다. 차근차근 기혈을 돌궈 심장을 살린 게 아니라 영약으로 잠시 정신이 돌아오게 만들었다.

당연히 오래갈 리 없었다. 그래도 환자가 부응해 주어 다행이었다. 그건, 환자의 의식 속에도 회사에 대한 애착과 현재 상황에 대한 간절함이 가득한 까닭이었다. 간절함 앞에서 인간은 누구나 초인이 되길 원한다. 윤도의 영약이 그 간절함에 잠시 불을 당겨준 것이다.

하지만!

그리하여 시침은 더 어렵게 되었다. 말하자면 어설프게 항생제를 쓴 꼴이었다. 한 방에 잡아야 박멸이 되는 세균들. 미리 건드려 놨으니 내성이 생길 수 있었다.

'후우!'

심호흡을 하며 이상균을 바라보았다. 그의 눈동자가 윤도와 마주쳤다.

—살려주시게.

—부탁하네.

그의 눈동자가 입술 대신 말했다.

—걱정 마세요.

—최선을 다할 겁니다.

―이미 시작된 진료니까요.

윤도가 눈으로 화답했다.

약간의 시간은 벌었다. 그렇다고 해도 평안한 진료는 아니었다. 윤도로서는 아들의 아내가 제정신이 들기 전에 진료를 끝내야 했다. 이번에는 이상균의 치매를 완전하게 밀어내야 하는 것이다.

장침을 뽑았다.

심장을 제외한 모혈 전부에 장침을 넣었다. 간단하지는 않았다. 환자의 혈자리는 휘고 구겨지고 밀렸다. 돌연 발작한 급성 치매. 그러나 아들 부부가 적극 치료를 하지 않았다. 사모님은 발언권이 밀려 아들 부부의 의견을 따르는 수밖에 없었다. 그러면서 오장육부에 울화가 쌓이고 내상과 허로가 깊어졌다.

폐수의 중부혈.

간수의 기문혈.

비수의 장문혈.

신수의 경문혈.

삼초수의 기해수까지 장침을 넣었다. 각각의 혈자리마다 침감을 달리했다. 간수의 기문혈은 가장 강력한 침감을 넣었고 신수의 경문혈은 오히려 기를 낮췄다. 음양의 조화 때문이었다. 오장육부의 기가 떨어지면서 심장을 범한 건 틀림없지만 오랜 병상의 환자에게 무작위로 기혈을 올릴 수는 없었다. 그렇기에 심장은 불에 해당하는 화(火)이므로 상생하는 목(木)의 간장 기를 올리고 상극인 수(水)의 신장 기세는 오히려 잠시 낮춘 것이다.

기본 안배를 한 후에 심장 혈자리를 머리에 그렸다. 심장 하면 단전이다. 단전을 잡지 않고 심장 치료에 들어가면 실패를 낳는 건 정해진 수순. 한의학에서의 '정신'은 단전과 개연성을 가진다.

'관원은 하단전 뇌는 상단전……'

그렇다면 상초를 살려야 했다. 그러자면 하초에서 기를 몰아 중초로, 상초로 몰아주어야 했다. 오장의 상태를 침감으로 파악했다. 신—폐—비—간장으로 이어지는 기혈의 조화가 심장에 힘을 주기 시작했다. 이제는 심장에서, 연결 장기들이 보내주는 기를 받아들여야 했다. 제아무리 좋은 기혈이 온다 해도 조화를 이루지 못하면 병이 될 뿐이었다.

'심수… 5늑간 옆에서 많이 밀렸다.'

보통 사람보다 한 치 가까이 밀린 혈자리. 하지만 윤도의 손가락은 그걸 놓치지 않았다. 심수혈을 잡고 신당혈도 잡았다. 그런 다음 심장의 모혈로 불리는 거궐을 찌르고 심경에서 빼놓을 수 없는 신도혈도 장악했다. 이제 거궐혈에서 연결 장기의 기를 끌어들였다.

"……!"

침 끝에 걸려오는 기의 감각이 윤도 촉각을 세웠다. 하지만 그뿐이었다. 연결 장기들의 기는 심장에 힘이 되지 못했다.

인체의 신비였다. 어떤 환자에게 일어난 일이라고 해서 모든 환자에게 적용되지 않는다. 더구나 이상균은 향정신성의약품을 너무 많이 복용했다. 아들 부부의 특별한 요청 때문이었다. 그건 원장의 처방이었다. 주치의는 월급 의사였으니 일상적 진료와 관리, 이상균 보호자에 대한 응대만 했던 것이다.

'젠장!'

거기서 윤도가 벌떡 일어섰다. 서둘러 침을 뽑아버렸다. 시간을 의식하는 통에 너무 조급했다. 그렇기에 가장 기본이 되는 '비법 침'을 빼먹은 것이다.

축빈혈.

거기 장침을 넣었다. 삼향투자침으로 효과를 재촉했다. 기의 순환이 두 번 돌기를 기다렸다. 그런 다음에 처음부터 다시.

리스타트!

윤도의 손이 속도를 내기 시작했다. 오장육부의 모혈들에 장침이 들어갔다. 처음과는 다른 각도에서 넣었다. 그리고 마침내 장악한 심장의 모혈 거궐혈. 그 왕의 궁전에서 명을 내리자 폐와 간, 비와 신장의 기가 응답을 했다.

때를 맞춰 명문혈과 신수혈에 침을 넣어 하초의 기혈을 올렸다. 분위기가 조성되자 상초와 중초를 가르는 지양혈과 격수혈에서 지원군을 밀어주었다. 이후로 옥침혈을 잡았다. 뒤통수의 옥침혈은 틈새만 남았다. 그 문을 열어 하단전에 기를 보태는 동시에 뇌의 활력을 도왔다.

심장하면 단전.

뇌는 상단전.

이제는 그 상단전에 기를 밀어줄 만했다. 오장육부가 그럭저럭 균형을 갖춘 형세였다.

'가자.'

곡지혈에 추가 장침이 들어갔다. 이 혈자리는 전체 혈자리에 대한 조절과 배합의 지원. 관원은 하단전이오 뇌가 상단전이니 두 단전의 조화를 이루려는 처방이었다.

스륵!

한순간, 환자의 목이 바로 섰다. 눈동자에 비치던 광기도 눈에 띄게 내려앉았다. 입을 벌리고 혀를 보았다. 좋았다. 처음보다는 괄목할 만큼 좋았다.

'오케이.'

윤도의 몸이 후끈 달아올랐다. 치매 혈자리들이 비장하게 머리를 스쳐갔다.

신문혈, 내관혈, 백회혈.

신문혈, 중충혈, 구미혈, 백회혈, 후계혈.

몇 가지 조합에서 환자의 상태와 맞는 혈자리를 골랐다. 복도에서 다시 소음이 들려왔다. 이번에는 아들과 아내까지 온 모양이었다. 하긴 요양원장이라고 바지 의사는 아니다. 그가 적절한 조치를 했다면 윤도의 계산보다 빠르게 정신이 돌아올 일이었다.

"비켜요."

아내의 목소리에 각이 섰다. 윤도는 듣지 않았다. 머리에 있는 건 오직 혈자리뿐이었다. 이 환자의 치매를 한 방에 몰아낼 수 있는 혈자리……

신문혈에 장침을 넣었다. 영약을 묻힌 약침이었다.

내관혈에도 그랬다. 그 역시 약침이었다.

다음은 손의 후계혈이었다. 여기는 합곡에서 노궁을 거쳐 소부와 후계로 이어지는 일침사혈의 장침이었다. 마지막 조율은 머리의 백회혈이었다. 거기서 최후의 사투를 벌이는 순간, 병실 문이 왈칵 열렸다.

"이봐!"

아들이 핏대부터 올렸다.

"당신, 우리 아버님에게 손 떼요. 경찰 부를 거예요."

아내의 더 목소리는 높았다.

"이봐요. 보호자들이 반대하지 않습니까? 당장 내 병원에서 나가세요."

원장도 거들었다. 사모님이 나서려 했지만 아들이 눌렀다. 윤도 아버지는 입장이 곤란한 탓에 안절부절못할 뿐이었다.

"이봐요!"

아내가 다가와 윤도의 등을 흔들었다. 그 순간에도 윤도의 손가락은 백회혈에서 기혈 조화의 마무리를 이루고 있었다.

"안 되겠네. 원장님, 경찰 부르세요."

아내가 원장에게 말했다.

원장이 전화를 걸었다. 결국 경찰이 출동을 했다. 그때까지도 윤도는 이상균에게서 손을 떼지 않고 있었다.

"경찰입니다. 같이 좀 가주셔야겠습니다."

두 경찰이 윤도 팔을 잡는 순간, 닫혔던 윤도의 입이 열렸다.

"후우, 끝났습니다."

윤도의 표정은 밝았다. 결국 진료를 끝내 버린 것이다.

"뭐 해요? 빨리 잡아가지 않고."

아내가 소리쳤다. 하지만 윤도는 느긋하게 환자의 침을 가리켰다.

"미안하지만 침은 뽑고 가야 할 거 아닙니까? 그리고 경찰관님들, 나는 한의사입니다. 한의사가 보호자의 요청을 받고 왕진을 나온 게 불법입니까?"

"······!"

윤도의 항변을 들은 경찰들은 뭐라 대답을 못했다. 윤도는 차분하게 발침을 했다. 넣은 침이 한두 개가 아니니 시간이 걸렸다. 물론 윤도의 계산이었다. 침 하나하나를 뽑을 때마다 환자의 기 상태를 점검하며 시간을 맞춘 것이다.

마침내 백회혈의 침을 뽑는 순간, 감겼던 환자의 눈이 초롱하게 떠졌다. 신침과 혼신의 치료, 그 앞에 불치병은 없었다.

"여보!"

사모님이 먼저 소리쳤다. 남편의 눈동자가 정상으로 돌아온 것이다. 수십 년을 함께 산 부부였기에 눈만 봐도 알 수 있었다.

"어떻습니까?"

윤도가 환자에게 물었다.

"좋아요. 좀 나른하지만 머리가 맑아……."

"여보……."

사모님의 눈에서 눈물이 쏟아졌다.

"그런데… 무슨 일인가?"

환자가 병실 풍경을 보며 말했다. 원장에 아들 부부, 채혁수와 경찰관들… 이해하기 어려운 조합의 풍경이었다.

"실은 채 사장님 당신을 치료하려고 여기 채 선생님을 모시고 왔는데……."

사모님이 울먹이며 설명을 했다.

"그랬군."

설명을 들은 이상균이 흐린 미소를 지었다. 그러더니 경찰부터 해결을 했다.

"나 때문에 수고가 많았군요. 두 분은 돌아가셔도 될 것 같습니다만."

경찰은 군말 없이 돌아갔다.

"원장님이라고요? 가족 간의 대화가 필요한 상황 같으니 나가주시는 게 도리가 아닐까요?"

이상균의 시선이 원장에게 맞춰졌다. 치매 때문에 망가졌지만 중견 기업을 호령하던 백전노장 이상균. 작은 요양원의 원장이 그 내공에 상대가 될 리 없었다.

"그리고 채 사장……."

이번에는 윤도의 아버지를 호명하는 이상균.

"예, 사장님."

"아드님이 한의사가 되었다더니 당신이 나를 구했군."

"아닙니다. 그저 작은 위로라도 된다는 게……."

"아니야. 당신이 얼마나 성실한 사람인지 내가 잘 알고 있지. 당신 은혜는 내가 꼭 챙길 거야. 그리고 채 선생?"

"예."

윤도가 대답했다.

"정말 고맙소. 가물거리는 의식으로 당신의 침을 보았어요. 나는 하늘에서 신이 내려와 나를 고쳐주는 줄만 알았소."

"치료가 잘되어 다행입니다만 한두 번 더 침을 맞아야 합니다."

"당연히 그렇게 하겠소. 아무튼 정말 고맙소. 덕분에 인생 2막을 살게 되었으니……."

"예."

윤도가 아버지와 함께 물러났다. 가족 간의 대화가 필요하다는 걸 아는 까닭이었다.

"고마워요. 정말 고마워요."

사모님이 문 앞까지 따라 나오며 인사를 전했다.

그리고…….

쫙!

쫘악!

따귀 치는 소리가 복도에 울려 퍼졌다. 그런 다음 아들 부부가 복도로 나왔다. 둘 다 뺨이 붉게 물들어 있었다. 아버지가 치매에서 깨어났다고 감격할 사람들은 아니니 무슨 일이 일어났는지 알 것 같았다.

"당신, 이혼이야. 병신같이 주어진 떡도 못 먹어? 내가 어머니도 같이 처리하자고 그랬지?"

아내는 아들의 쪼인트를 내지르고는 차를 몰고 떠나갔다.

"여, 여보. 나도 데려가야지."

아들은 멀어지는 세단을 쫓아가며 발을 굴렀다. 윤도가 보기에도 민망한 장면이었다.

"아들!"

아버지가 윤도를 돌아보았다.

"예."

"수고했다."

두 팔로 윤도 어깨를 맞잡는 아버지.

"잘된 거 같죠?"

"그래."

"그럼 이제 혼자 고민하시기 없기에요."

"그래. 다른 건 몰라도 병에 관련된 건 무조건 상의하마."

"집에 가서 청주 한잔할까요? 몸이 좀 피곤한데요?"

"하자. 이 애비가 최고로 좋은 걸로 한잔 쏘마."

"좋아요. 오늘은 사양 안 합니다."

"오냐, 내 아들……."

어깨를 흔드는 아버지의 눈이 촉촉해 보였다.

부릉!

시동을 걸 때 창에서 소리가 들려왔다.

"채 사장."

이상균이었다.

"사장님."

"나 여기서 곧 나갈 테니까 회사로 와요. 조심해서 가고."

이상균이 손을 흔들었다. 아버지도 손을 흔들었다.

"어휴!"

아버지가 가슴을 쓸어내렸다. 추진하던 계약이 잘될 것 같은 것이다. 윤도는 아버지의 안도의 한숨을 못 들은 척 넘겼다. 그건 아버지의 자존심이니까.

윤도도 나쁘지 않았다. 장 박사가 요청한 국제 워크숍의 주제. 신예 한의사로서 어쩌면 부담스러운 자리. 하지만 조수황 과장마저 러시아 침술 전수차 국내에 없으니 별 도리가 없었다.

윤도, 이 치매의 치료 혈을 소재로 발표하기로 마음먹었다. 현대인에게 있어 치매란, 어떻게든 극복해야만 하는 재앙의 하나였으므로.

2. 비정규직도 아픕니다

쏴아아!

새벽부터 비가 내렸다. 윤도가 잠에서 깨었다. 샤워를 하면서 정신 줄을 수습했다. 아버지와 마신 청주가 조금 많았다. 너무 좋아하시니 주는 잔을 거절하기 어려웠다.

샤워는 상큼했다. 물은 음이다. 인간은 늘 음이 부족하다. 그래서 목욕이 좋은 건지도 모른다. 책상에 앉아 혈자리 연구에 들어갔다. 장 박사가 말한 워크샵 때문만은 아니었다. 그게 아니더라도 윤도의 주요한 일상이었다.

혈자리.

신의 축복을 받은 손가락이라 다행이었다. 그렇지 않다면 제대로 짚어내지 못할 혈자리가 많았다. 그동안 겪었던 기이한 혈자리들은 따로 정리가 되고 있었다. 그러다 보니 윤도만의 혈자리도 나왔다. 어쩌면 먼 후세에 누군가 이 혈자리를 '윤도혈'이라고 부를지도 모른다.

피식 웃음이 나왔다. 병명 같은 걸 보면 그걸 발견한 사람의 이름이 붙은 게 많았다. 왜 사람의 이름이 붙었을까? 한마디로 그 병의 기전에 대해 자세히 알 수 없기 때문이다. 아무리 궁리해도 적절한 이름을 붙이기 어려우니 발견자의 이름을 붙여 넘어간다. 그러니까 의학은, 그게 양의든 한의든 아직 넘어야 할 난제가 너무나 많았다.

윤도 역시 그랬다. 이제껏 경험한 질병보다 경험하지 못한 질병이 더 많았다. 그건 어쩌면 한의사의 한계이기도 했다.

야콥병, 혈우병, 크리스마스병, 오우렌병, 글란즈만병, 루게릭병, 네젤로프 증후군, 안데르센병, 헌터 증후군… 원인 불명은 물론 치료법도 확립되지 않은 질환들. 넓은 의미로는 당뇨나 에이즈 같은 질환도 이 범주에 들었다.

당신은 희귀 난치병에 걸리면 어디로 가는가?

1) 한의원으로 간다.

2) 대학병원으로 간다.

상당수의 선택은 후자가 될 일이었다. 그렇기에 희귀 난치병처럼 난도가 높은 질환은 윤도의 장침을 찾아오는 경우가 드물었다. 그 벽은 윤도가 스스로 넘어야 했다.

현대는 전문화의 시대였다. 한의사도 그 흐름을 따라 전문 한의사 제도가 들어왔다. 하지만 윤도의 생각은 달랐다. 지나치게 전문화되면 오히려 환자의 질환을 다스리기 어려웠다. 그게 윤도의 신념이었다.

물을 한 컵 마시니 아랫배에서 신호가 왔다. 즐겁게 밀어내기에 응했다. 배변은 행복의 척도가 될 수 있다. 누구든 화장실에서의 비즈니스가 순조롭다면 작은 행복을 간직한 것이다. 그렇지 못한 사람이 굉장히 많으므로.

"형!"

한참 몰입할 때쯤 윤철이 문을 두드렸다.

"야, 나 아직 멀었으니까 급하면 어머니 방 화장실로 가서 볼일 봐."

지레짐작으로 대답했다. 사람 넷이 사는 집이지만 어떨 때는 화장실 타임이 겹치기도 했다.

"볼일 아니고 전화."

"그냥 둬. 나가서 받을게."

"네 번이나 오고 있으니까 그렇지. 이부용 대표!"

"……?"

네 번? 그 말에 놀라 비데 스위치를 눌렀다. 부용이라면 쓸데없이 전화할 사람이 아니었다. 예상이 맞았다. 사고였다.

"무대가 무너졌다고요?"

—선생님. 죄송하지만 지금 좀 와주실 수 있어요? 멤버들

몇 명이 손목하고 다리를 삐었어요.

"저런."

―오전 11시부터 공연이거든요. 무대 장치가 밤늦게 끝나는 바람에 마지막 리허설이었는데 무대 한쪽이 덜 고정되었는지 내려앉으면서…….

"알았어요. 지금 갑니다."

윤도가 전화를 끊었다.

"형, 나도 가면 안 돼? 운전해 줄게."

"까불지 마라."

"아, 진짜… 보아하니 사고 난 모양인데 특급 병사 출신인 내가 가면 도울 일 있을 거 아냐? 짐 정리랄지……."

"……?"

"형, 제발… 나도 형 덕 좀 보자. 아버지만 가족이냐?"

윤도가 반응하자 윤철이 읍소로 나왔다.

"가서 얌전히 보조만 하는 거다."

"당연하지. 나 군대에서 의무병이랑 같은 내무반 써서 간호 보조도 할 수 있어."

"시동 걸어라."

윤도가 차 키를 던져주었다. 그사이에 방으로 들어가 침통을 챙겼다.

부릉!

차가 주차장을 치고 나갔다.

'부용 씨……'

얼마나 큰 사고일까? 물론 부용이라면 현장 정리를 제대로
할 여자였다. 게다가 이제는 스태프도 많았다. 하지만 시간은
오전 7시. 마음이 조급할 수밖에 없는 윤도였다.

"선생님!"

공연장에 도착하자 부용이 손을 흔들었다.

"다친 멤버들은요?"

"세 명이에요. 이쪽으로 오세요."

인사를 나눌 사이도 없이 부용을 따라 뛰었다. 다친 멤버
들은 대기실에 있었다. 닥치고 장침부터 꺼내 들었다. 다행히
심하게 상한 건 아니었다. 중심을 잃고 넘어지면서 발목과 다
리, 그리고 팔꿈치를 삐었다. 발목 부상이 그나마 깊었지만 장
침으로 맥을 잡았다.

그로부터 20분 후, 세 멤버는 다시 일어설 수 있었다.

"조금 시큰하긴 한데 괜찮아요."

멤버들이 하얗게 웃었다.

"우와, 역시 채 선생님!"

얼굴을 아는 아이돌 스타들이 다가와 박수를 쳐주었다.

"잠깐 안정하면 공연은 가능할 겁니다. 다만 지나친 율동은
조심하는 게 좋겠네요."

윤도가 부용에게 당부를 주었다.

"고마워요."

"무대는요?"

"그건 방금 수리가 끝났어요. 고정대 쪽에 실수가 있었는데 보완이 되었다고 하네요."

"다행이네요."

"죄송해요. 아침부터……."

"아닙니다. 아침부터 미녀들 보고 좋죠, 뭐."

"그럼 사진 한 장 찍고 가세요. 애들이 선생님하고 사진 찍고 싶어서 난리예요. 누가 연예인인지 모르겠다니까요."

"그러죠. 저기 사진 찍고 싶어 환장한 녀석도 한 명 있거든요."

윤도가 윤철을 가리켰다. 윤철의 입은 찢어지기 직전으로 변했다.

찰칵!

찰칵!

인증샷이 박혔다. 라스트는 윤철이 챙겼다. 자기 핸드폰을 들고 나가 닥치는 대로 셔터를 눌러 버린 것이다.

"현장 정리 좀 하고 올게요. 같이 식사하고 가세요. 그 정도 시간은 되죠?"

"서두르면 가능하겠네요."

윤도가 부용의 요청을 받아들였다. 부용이 스태프실로 들어갈 때였다. 그 뒤쪽 방에서 스타일리스트가 나왔다. 그런데 다리를 절뚝거리고 있었다.

"다쳤어요?"

윤도가 다가가 물었다.

"네? 네……."

"조금 전에요?"

"네. 무대 뒤에서 지켜보다가……."

"혼자요?"

"아뇨. 제 친구도……."

그녀가 안을 가리켰다. 거기 또 한 명의 여자가 다리를 절며 옷가방을 챙기고 있었다.

"그런데 왜 멤버들 침 맞을 때 같이 안 오고……."

"침이요? 우린 그런 거 몰랐어요."

"……?"

"게다가 뭐 안다고 해도… 우린 직원이 아니고 비정규직이라 알바식으로 일하고 있거든요. 멤버들하고 똑같은 대우를 해줄 리 없지요."

"예?"

"공연 끝나고 한의원 가면 돼요. 이 바닥은 늘 이런 걸요, 뭐."

스타일리스트가 풀 죽은 웃음을 웃었다. 아주 허전한 미소였다.

스타일리스트.

윤도는 이때 알게 되었다. 나름 멋있어 보이는 직업이지만 알고 보면 노가다인 경우가 많았다. 이들 상당수는 비정규직이다. 화려한 스타들의 뒤치다꺼리를 도맡고 있지만 정당한 대우를 받는 사람은 많지 않았다. 근로계약서도 없이 초저임금·초장시간 노동에 노출되는 것이다. 상당수는 월 100만 원 미만, 50만 원 이하인 사람도 많았다.

그나마 이 급료는 잔심부름 등으로 다 나갔다. 협찬 의상을 받으러 갈 때, 소모품 재료를 사러갈 때 식비와 차비로 나가는 것이다.

더구나 연예인의 스케줄에 따라 동행하다 보면 며칠 연속으로 일하는 경우, 24시간 내내 대기하는 경우도 많았다. 연락이 오면 출동하는 비상대기 조가 되는 게 그들의 임무였다.

연예기획사 등은 이걸 관행이라고 치부했다.

이 바닥은 원래 이래.

다 이렇게 하면서 일 배우는 거야.

사실 돈 안 줘도 오겠다는 사람 열라 많아.

이렇게 강요된 열정 페이였다. 이런 악조건이지만 대우는 시녀 취급이었다. 스타들 시중도 들어야 하고 짐이나 가방도 들어줘야 한다. 협찬으로 들어온 의상이나 액세서리 등의 반납도 이들의 몫이다. 그럼에도 이 일을 계속하는 건 선호도와 선망 때문이었다.

"부용 씨."

부용이 나오자 윤도가 다가갔다.

"네, 가요."

"미안하지만 식사는 다음으로 미뤄야겠어요."

"네?"

"부용 씨가 몰랐던 모양인데 환자가 더 있습니다. 기왕 시작한 거 끝을 봐야죠?"

윤도는 스타일리스트 대기실로 들어갔다. 부용이 따라왔지만 개의치 않았다. 윤도의 진료를 말릴 그녀가 아니었다. 두 스타일리스트에게 침을 놓았다. 그녀들의 부상 부위 역시 놀랍게 가라앉았다.

"곽 팀장님."

침을 놓는 사이에 부용이 현장 팀장을 불렀다.

"네, 대표님."

"이 친구들 뭐예요? 아까 보고할 때는 부상자가 더 있다는 말 없었잖아요?"

"그게… 이 친구들은 우리 직원이 아니라 알바생이라서……."

"알바생은 사람 아니에요?"

"……!"

"그리고 왜 알바생을 쓰는 거죠? 필요한 인력이 있으면 정식으로 채용하라고 하지 않았던가요?"

부용의 돌직구가 사방에서 날아갔다.

"그게… 스타일리스트는 이게 관행이라……."

"무슨 관행요? 그래서 이렇게 같이 다치고도 사람 대접 못받는 관행요? 팀장님 같으면 이런 대우받으면서 즐겁게 스타일리스트 할 수 있겠어요? 내가 직원들 이렇게 대우하라고 했어요?"

"죄송합니다."

팀장은 진땀을 흘리며 고개를 숙였다.

"선생님, 진료 끝났나요?"

부용이 윤도에게 물었다.

"네. 조금 안정하면 움직이는 데 지장 없을 겁니다."

"두 사람 우리 일한 지 얼마나 됐어요?"

"네 달이오."

"저는 세 달……."

부용이 묻자 두 스타일리스트의 목소리가 기어들어 갔다. 이제 꼼짝없이 잘렸다고 생각한 것이다.

"곽 팀장님."

"네."

"이 두 친구, 멤버들하고 똑같이 안정시키고 정규 직원으로 채용하세요. 근무 기간 동안 임금은 소급해서 지급하도록 하고요."

"예?"

"정규직으로 채용하라고요. 그리고 앞으로 이런 식의 얼렁뚱땅 열정 페이 절대 용서 안 합니다. 이건 착취예요."

"예, 대표님."

"두 사람……."

부용이 스타일리스트에게 다가섰다.

"대표님……."

"대표로서 미안해요. 아픈 데 가라앉으면 정식 스타일리스트로서의 자부심을 가지고 공연을 보조해 주세요. 알았죠?"

"네, 열심히 하겠습니다. 고맙습니다. 대표님!"

두 스타일리스트는 언제 아팠냐는 듯 일어나 합창을 했다.

"선생님……."

차에 오른 윤도에게 부용이 말을 건넸다.

"네?"

"고마워요."

"별말씀을……."

"두 가지예요. 하나는 응급출동으로 위기에서 구해주셔서. 또 하나는 방금 스타일리스트들요. 가까운 곳에 있던 저는 간과했는데 먼 곳의 선생님이 찾아주셨네요."

"나도 고맙습니다. 부용 씨가 큰 포용력으로 안아줘서… 저 두 사람 굉장히 일 열심히 할 거 같아요."

"제 말이 그거예요. 덕분에 회사 이미지 개선도 되고 좋은 직원도 구하게 되었어요."

"흐음, 그럼 다음에 오늘 몫까지 더해서 빡세게 한턱 쏘세요."

"언제든 콜만 하세요."

"아, 그건 그렇고……"

"……"

"혹시 제가 말하던 연예인, 선생님께 연락 왔나요?"

"안 왔는데요."

"그럼 다른 사람으로 보내도 될까요?"

"그러세요. 환자는 닥치고 환영입니다. 최선을 다해 봐드리죠."

"고마워요."

"공연 성황리에 마치세요."

윤도가 작별의 손을 들었다. 한의원의 진료 시간이 코앞이었다.

"형."

도로에 올라서자 윤철이 말했다.

"왜?"

"형 의술만 짱이지 연애는 꽝이네."

"뭐가?"

"조금 전 그거 키스 타임 아니야?"

"죽을래?"

"아, 진짜… 연애 못하는 우리 형 옆에는 능력 있고 빵빵한 여자들이 득실거리고 연애 잘하는 나는 손만 내밀면 다 튀어 버리니……"

"또 좆 났냐?"

"내 말이… 요즘 여자애들은 이 채윤철의 매력을 모른다니까."

"까불지 말고 달려라. 환자들 기다린다."

윤도의 주먹이 윤철 이마에 알밤을 날렸다. 살짝 피한 윤철이 속도를 높였다. 저만치 아침 햇살이 찬란했다. 마치 조금 전에 본 비정규직 스타일리스트들의 미소 같았다.

비정규직 둘을 구한 윤도, 총알처럼 도로를 달려갔다.

3. 북한 초대장

새로 주문한 장침이 도착했다.

많았다. 하나하나 살펴보았다. 그런 다음 윤도만의 방식으로 길들이기 과정에 들어갔다. 처음에는 모든 걸 윤도가 했지만 지금은 진경태가 마지막 과정까지 진행해 준다. 윤도는 처음과 끝을 확인한다. 조금이라도 문제가 있어 보이는 건 모두 폐기했다. 구하기 힘든 마함철이지만 아낄 일이 아니었다.

짬이 나는 시간에는 장 박사가 보내준 탕약에 대한 공부도 했다. 장침이 중요하지만 탕약 또한 빼놓을 수 없었다. 진경태가 뒤를 받치고 있다지만 진료하고 처방을 하는 건 윤도의 몫이었다.

옛날에는 비방이 많았다. 혈액을 보하는 사물탕이나 신장을 보하는 육미지황탕도 거기 속한다. 고려 시대 명의 설경성 같은 한의는 원나라의 세조 쿠빌라이의 고질병을 탕약으로 원샷 처리해 버렸다. 왕실에서 융숭한 대접을 받으며 원나라 전역에 이름을 떨친 건 두말할 필요가 없다.

당시에는 한의들 간에 의술을 겨루는 일도 잦았다. 세도가 있는 집안에 병자가 생기면 여러 한의들을 초빙해 처방을 받았다. 그중에서 가장 효과가 좋은 약을 지은 한의가 명의로 알려지는 식이었다.

최근 윤도도 한 처방에 심취되고 있었다. 바로 기본 처방이었다.

'곽향정기산.'

윤도는 그 재료가 되는 11가지 약재에 윤도식의 3가지를 더 얹었다. 14가지 약재가 들어가는 이 약은 주로 초기 감기나 몸이 나른할 때 내는 처방이다. 하지만 여기에 숨겨진 의미가 있었다. 이 약의 진가는 바로 음양의 기초 균형을 도모하는 약이었다. 질병은 음양의 조화가 깨짐으로써 비롯되는 것. 그러니 공연한 보약보다 오히려 더 효과적일 때도 있었다.

여기 합당한 환자가 둘 있었다. 둘 다 60대 후반 연령의 남자들이었다. 한때는 잘나갔다. 공기업의 대표이사였고 또 한 사람은 증권회사의 중역이었다. 그러나 퇴직을 하고 보니 찬밥이 되었다. 가진 돈도 많고 머리에 든 것도 많지만 일상이 무료해진 것이다.

우울증이 생겼다. 이런저런 약을 먹었지만 오히려 병이 깊어갔다. 윤도가 둘을 보았을 때 둘은 마치 로봇 같았다. 얼굴 표정근이 다 마비된 듯 무료해 보였다. 장침을 원했지만 놓지 않았다. 보약을 원하기에 군말 없이 곽향정기산을 내주었다. 그리고 다시 내원한 두 사람을 배연재에게 딸려 보냈다. 이제 그 두 사람이 돌아올 시간이었다.

끼익!

연재의 자가용이 주차장에 멈췄다. 두 환자가 내렸다. 윤도는 보았다. 아까보다 활기와 생기가 실린 동작들. 원장실로 들어오는 발소리도 아까보다 힘이 느껴졌다.

"어서 오세요."

윤도가 두 환자를 맞았다.

"기분 어떠세요?"

시치미를 떼고 물었다.

"좋습니다."

"나도 그래요."

두 환자가 앞서거니 뒤서거니 대답했다.

"두 분은 이제 치료 끝났습니다. 안 오셔도 됩니다."

"응? 장침은 끝내 안 놔주는 건가?"

마른 환자가 물었다.

"마지막이니 피로도 풀고 힘 좀 나라고 놔드리기는 하겠습니다. 하지만 지금 봐서는 안 맞아도 될 것 같은데요?"

"그러게."

"사실 두 분은 우리 한의원에 오실 필요 없습니다. 그 우울증의 특효약은 웃음이지 약이나 침이 아니거든요."

"웃음?"

"방금 보고 오신 연극 말입니다. 창자가 찢어질 듯이 웃었죠?"

"그랬지. 태어나서 그렇게 웃은 건 처음이라오."

"그동안 상실감 때문에 쌓인 무력증이 우울증이 된 겁니다. 그저 우울하게 집에만 계셨으니 병이 된 거지요. 그랬기 때문에 파안대소가 몸의 컨디션을 바꿔준 겁니다."

"아하……."

"웃을 일이 없으면 화라도 내세요. 노여움도 우울을 이깁니다. 아무것도 하지 않는 무기력보다는 웃고 화내는 일상으로 돌아가시면 우울증은 사라질 겁니다."

"……."

"이제 말씀드립니다만 그동안 드린 약은 기본 음양의 조화를 이루는 약에 불과합니다. 기본은 잘 다져졌으니 웃음과 해학이 넘치는 연극이나 영화를 자주 보시고, 사람들과의 친교를 강화해서 희로애락을 즐기시면 우울증은 재발하지 않을 겁니다."

"과연!"

윤도의 설명을 들은 두 환자가 무릎을 쳤다. 두 환자는 돈도 많이 내지 않았다. 말하자면 거의 거저 병이 나은 것이다. 윤도 입장에서도 나쁘지 않았다. 곽향정기산의 기본 정신을 공진단 등의 보약보다 값지게 써먹는 순간이었다.

이 치료법의 원안은 제나라의 명의 문지의 이야기가 유명하게 전한다. 제 나라 민왕이 우울증에 걸렸다. 우울증이 심해 침대에서 일어나지 못했다. 명의 문지가 초청된다. 문지는 왕의 치료를 자신하지만 완쾌되면 왕이 자신을 죽이게 될 것이라고 우려한다. 치료법이 환자의 화를 돋구어 기혈을 순환시키는 노승사(怒勝思)에 속했던 것이다. 노승사는 화내는 것이 우울한 걸 이긴다는 뜻이었다.

문지는 치료 일자를 받아주고는 왕에게 가지 않았다.

한 번.

두 번.

세 번……

신하 된 주제에 왕과의 약속을 어기자 문왕은 화가 머리끝까지 치밀었다. 결국 문지가 도착했지만 그는 용포를 밟는 등 왕의 염장을 질러댔다. 결국 핏대 오른 왕이 침대를 '박차고 일어나' 문지를 끓는 물에 넣어 죽이고 말았다. 문지의 말대로 왕은 살고 문지는 죽었다.

오지상승법(五志相勝法)은 한의학에서 쓰이는 심리 요법의 하나다.

1) 노승사(怒勝思).

2) 사승공(思勝恐).

3) 공승희(恐勝喜).

4) 희승비우(喜勝悲憂).

5) 비승노(悲勝怒).

등의 요법이 있다.

다음 환자의 막간, 낯선 사람 둘이 찾아왔다. 처음에는 류수완 대표의 강외제약 임원인가 했는데 아니었다.

"실은……."

둘 중 한 사람이 내민 건 청와대 공무원증이었다.

'청와대?'

윤도가 소스라쳤다. 옆의 남자는 국정원 쪽이었다. 둘은 용건만 간단히 말하고 돌아갔다. 북한 고위층 간 이식에 대한 연결 건이었다.

"오늘 저녁 청와대에서 만찬이 있습니다. 그쪽 방수용 비서께서 내일 당장 북으로 간다고 해서 부득……."

오늘 저녁 시간을 내주시오.

그 말을 하기 위한 방문이었다.

"강기문 박사님과 이철중 박사님이라면 몰라도 제가……."

"방수용 비서 쪽에서 선생님의 참석도 간곡히 청한 지라……. 바쁜 줄 알지만 밀담의 원만한 마무리를 위해 참석해주시면 고맙겠습니다."

"……."

"저녁에 저희가 다시 연락을 드리겠습니다. 이 또한 기밀을 유지해 주셔야 합니다."

두 남자는 바로 원장실을 나갔다.

"……!"

윤도는 어안이 벙벙했다. 지진 이재민에게 의료 봉사를 할 때와 다르지 않았다. 그때도 느닷없는 요청으로 헬기를 타고 날아간 SS병원. 그런데 이번에는 청와대 초청이라니…….

그 저녁은 오래지 않아 찾아왔다.

"원장님, 저녁 왕진 있다고 하셨죠?"

퇴근 직전의 승주가 침통을 준비해 주었다. 그런데… 새 침통이 아니라 이 한의원 공사 와중에 발견한 그 침통이었다.

"응?"

윤도가 장식장을 바라보았다. 자리가 비었다. 승주가 이걸 꺼낸 것이다.

"그게 좀 품위가 있어 보여서요. 왕진 때는 그걸 쓰는 게 어떨까요?"

"품위?"

"네, 왠지 고수의 향을 풍기는 것 같아 원장님께 딱이에요. 정 실장님도 동의하시길래 제가 멸균해서 준비했어요."

"그럴까?"

승주의 의견에 따랐다. 청와대에 간다지만 초청자는 방수용이었다. 혹시라도 남한 침에 호기심이 있을 수 있었다. 그렇다면 승주 말이 옳을 것 같았다. 게다가, 승주 말처럼 오랜 기품이 스며 있다. 폼을 잡으려는 건 아니지만 왕진 때는 이걸 써도 좋을 거 같았다.

빠라빠라빵!

윤도 핸드폰이 울렸다. 간호사들이 퇴근한 원장실, 윤도가 핸드폰을 받았다. 저들이 지정한 곳은 평범한 건물이었다. 진경태에게 인사를 하고 스포츠카를 몰았다. 건물은 한가했다. 주차장에 내리자 미리 대기하던 두 대의 세단에서 그 남자들이 내렸다. 거기서 그들의 차에 올랐다. 차는 건물을 나와 청와대를 향해 달렸다.

끼익!

청와대 경내에 서자 세단이 멈췄다. 윤도가 내렸다. 저만치 또 다른 세단이 보였다. 그 세단에서 내린 건 강기문과 이철중이었다.

"채 선생."

이철중이 반가운 인사를 건네왔다. 강기문도 이제는 웃는 얼굴이었다.

"모시겠습니다."

비서실 직원이 나와 윤도 일행을 안내했다.

"채 선생."

강기문이 나란히 걸으며 말을 건네왔다.

"예?"

"나중에 따로 인사를 전하려 했는데……."

"……."

"채 선생 말이 맞았소. 내 판크레아스, 아니, 췌장에서 캔서가 나왔어요."

캔서(Cancer).

암이다.

"……."

"채 선생이 말한 그 부위였소. 다행히 전이 소견이 없어 후배에게 집도를 맡겨 수술 날짜를 잡았다오."

"예."

"솔직히 절실하게 반성하고 있습니다. 이런 한의학이라니……."

"아닙니다. 보잘것없는 제 의견을 받아주셔서서 고맙습니다."

"아니에요. 이거 몇 달만 지났어도 주변으로 전이될 가능성이 굉장히 높았습니다. 암이라는 증거들이 나오는 순간 아찔하더군요."

"예……."

"그제야 지난번 부원장님의 혜안에 수긍이 가더군요. 부원장님이 환자를 맡길 만한 사람이었습니다."

"과찬이십니다."

"아무튼 진짜 고마워요. 오늘 채 선생 만나면 이 말 하려고

벼르고 있었습니다."

강기문의 표정은 부드러웠다. 윤도만 보면 각을 세우던 뾰족함은 어디에도 남아 있지 않았다.

"채 선생."

접견실에서 국정원 차장보 김광요를 만났다. 오늘은 국정원장도 함께 있었다. 그가 원장을 소개해 주었다. 윤도는 형식적인 인사를 나누었다. 그리고… 반대편 문으로 그 사람이 등장했다. 간 이식을 받은 방수용, 북한 측 고위층이었다.

"이 사람이 채윤도 한의사십니다."

부원장이 윤도를 소개했다. 그들 사이에서는 이미 이야기가 나온 모양이었다.

"나 방수용이오."

60대의 방수용이 손을 내밀었다. 마른 체형이지만 탄탄한 눈빛과 그에 어울리는 단단한 음성이었다.

"채윤도입니다."

"채 선생이 내 수술에 큰 공을 세웠다고 들었소."

"아닙니다. 저는 그저 지원만……."

"부분이 본질을 넘을 때도 있는 거요. 그래, 침술은 누구에게 배웠소? 우리 서 동무 말을 들으니 거의 신침 수준이라던데?"

방수용의 시선이 수행원에게 넘어갔다. 수술실에서 윤도에게서 눈을 떼지 않던 그 남자였다.

"중요한 수술이라기에 보조에 나서 최선을 다한 것뿐입니다."

"괜찮으면 언제 침 한 방 놔주시겠소? 그렇잖아도 수술 후에 어깨 견갑골과 가슴 부근에 통증이 심해서 애로가 있던 판인데……."

"많이 아프십니까?"

"이 나이에 내가 남쪽까지 와서 거짓말을 하겠소?"

"심하시면 지금 당장에라도 놔드릴 수 있습니다. 시간은 오래 걸리지 않습니다."

"지금 당장요?"

"……!"

윤도와 방수용의 대화에 청와대 관계자들이 놀란 눈이 되었다. 스케줄 때문인 모양이었다. 하지만 비서실장은 융통성이 있었다.

"괜찮다면 의무실로 가시지요. 식사가 차려지려면 10, 20분 정도의 시간은 있습니다."

결국 예정에 없던 시침을 하게 되었다. 청와대 의무실은 좋았다. 그 침대에 방수용이 누웠다. 윤도가 진맥에 들어갔다. 몇 가지 문제점이 나왔다.

우선은 간장이었다. 남의 간이 몸에 들어왔다. 수술은 성공적이라지만 안착되는 데까지는 시간이 필요했다. 그러다 보니 신장과 비장, 간과의 조화가 엉성했다. 견갑골과 흉통 외의 문제는 다리 쪽이었다. 방수용은 다리가 부실했다.

'고황혈 아래.'

아시혈을 찾았다. 고황혈에 가까웠다. 그 주변을 만지니 뭉친 점이 느껴졌다. 거기에 장침을 넣었다.

"억!"

방수용 입에서 신음이 나왔다.

"동지."

수행원이 소스라쳤지만 방수용이 손을 들어 그를 제지했다. 윤도는 담담하게 침을 돌렸다. 세심한 손길로 혈자리를 따라 침감을 내려보냈다. 그리고, 딱 거기라고 생각한 지점에서 손끝에 힘을 주었다. 침은 혈자리의 끝까지 부드럽게 들어갔다. 구겨졌던 방수용의 미간이 서서히 펴지기 시작했다. 또 하나의 침은 발의 태계혈을 취했다. 흉통의 기세가 아래로 내려오는 까닭이었다.

"기가 막히군. 욱신거리던 격통이 바로 사라졌어요."

방수용이 웃었다.

"그렇습니까?"

긴장하던 수행원이 머쓱하게 물러났다. 방수용은 믿기지 않는다는 표정을 지었다.

윤도의 손은 족삼리로 내려갔다. 거기에 장침을 꽂아 다리 힘을 돌궈주었다.

"거기는 족삼리고… 그 아래는 태계혈… 어깨의 혈은 어디

였소?"

방수용이 물었다. 의외로 그는 한의학에 조예가 있는 것 같았다.

"고황혈에 가까운 곳입니다. 가벼운 뭉침이 있기에 침으로 풀었습니다."

"고황혈이라… 역시 서 동무 눈이 제대로였구만."

"……"

치하를 들은 서경세가 웃었다.

"족삼리 말이오 우리 어린 아들도 다리에 문제가 있는데 선생 같은 명의에게 뜸이라도 뜨면 좋았을 것을……."

방수용이 넌지시 대화를 이었다.

족삼리.

명혈이다. 하지만 명혈이라고 해서 침이든 뜸이든 들이대도 좋다는 건 아니었다. 명약도 사람에 따라서는 독이 되는 것이다.

"죄송하지만 어린아이는 족삼리에 뜸을 뜨지 않는 것이 좋습니다. 간혹 성장에 영향을 주기도 하기에 차라리 신주혈이 유효합니다."

"오, 그래요? 이거 내가 한의학에 선무당이다 보니… 그러고 보니 전에 족삼리에 뜸을 뜨던 사람이 기절했다는 말도 있던데……."

"그럴 때는 견정혈에 침을 놓으면 괜찮아집니다."

"신묘하군요. 아무튼 고맙소이다. 내 지금 같아서는 판문점으로 걸어서 집에 가도 될 것 같소이다. 채 선생, 그 침통 좀 봐도 되겠소?"

"그러시지요."

윤도가 침통을 건네주었다. 그 오래된 침통이었다.

"침통부터 명의의 향이 그윽하군요."

방수용은 침통을 오래 바라보았다. 한의학을 아는 게 분명한 방수용. 그의 시선은 안으로 우묵하게 깊었다. 여러 생각이 담긴 눈빛이었다.

"대통령님 나오십니다."

마침내 식사가 시작되었다. 대통령은 자리에 앉기 전에 참석자들과 악수를 나누었다.

"채 선생님."

윤도의 차례는 맨 뒤였다.

"뵙게 되어 영광입니다."

"아니에요. 하도 칭송이 자자하기에 어떤 분인가 궁금했는데 굉장히 쿨하고 젊은 분이로군요. 앞으로도 국정에 협조 많이 부탁합니다."

"예."

대통령이 착석하자 일동 자리에 앉았다. 대통령은 비서실장, 국정원장과 함께 방수용과 대화를 나누었다. 식사 중이므로 간 이식에 대한 소감과 살아가는 얘기가 주제였다. 물밑 협상은 이미 따로 끝난 모양이었다.

"청와대 식사 어때?"

옆에 앉은 부원장이 살며시 물었다.

"그저 그런데요?"

윤도가 웃었다.

"그렇지? 역시 이런 자리의 식사는 아무리 메뉴가 좋아도 팍팍하단 말이지."

"예……."

"언제 우리 강기문 박사랑 같이 한 끼 하시자고."

"그러죠."

이철중의 제의를 받은 윤도가 웃었다.

"그런데 채 선생님."

물을 마시던 대통령이 윤도를 호명했다.

"네?"

"방금 우리 방 비서님 장침을 놔드렸다고요?"

"네."

"그걸로 혹시 충혈도 해결이 되나요? 내가 아까 눈에 뭐가 들어가면서 갑자기 충혈이 되어서……."

"간단합니다. 팔꿈치에 한 방이면 되거든요."

"알겠습니다. 식사 끝나면 좀 부탁해요."

대통령의 오더가 들어왔다.

원래 대통령의 질병은 국가 기밀이다. 만약 중요한 진료라면 은밀하게 말했을 일이다. 하지만 충혈 같은 건 일회적인 것이다 보니 방 비서와 분위기를 맞추기 위해 나온 말이었다.

차까지 나오자 식사가 끝났다. 청와대 식사도 별건 없었다. 모두 다 나간 자리에 윤도가 혼자 남았다. 대통령의 시침을 위해 남게 된 윤도였다.

"채 선생님, 이쪽으로 오시죠."

잠시 후에 비서관이 들어왔다. 그를 따라 의무실로 향했다. 대통령의 전용 의무실은 따로 있었다. 거기 대통령이 있었다. 국정원 차장보 김광요와 함께였다.

진맥 후에 침을 놓았다. 대통령은 삼초가 좋지 않았다. 그런 까닭에 미열이 있었다. 하지만 당장 큰 문제는 없었다. 대통령은 각 파트의 주치의들이 정해져 있으니 별다른 의견을 개진하지 않았다.

충혈을 잡는 침은 곡지혈로 들어갔다. 혈자리에서 눈의 기를 조절했다. 대통령의 눈은 이내 조금씩 맑아졌다.

"이야, 이거 진짜 마법이네, 마법."

손거울을 본 대통령이 좋아했다.

"채 선생, 기왕 침 맞은 김에 그걸로 내 열도 좀 내릴 수 있을까? 미열이 있는데 해열제를 먹어도 그만그만해서……."

"봐드리죠."

윤도가 다시 장침을 잡았다. 장침은 활육문으로 들어갔다. 활육문만큼 열을 다스리는 요혈도 드물었다.

"끝났습니다."

발침을 한 윤도가 말했다.

"응?"

대통령이 이마를 짚었다. 미열이 사라진 것이다. 체온계가 동원되었다. 열은 정상으로 돌아와 있었다.

"이야, 이거……."

대통령은 믿기지 않는 듯 윤도를 바라보았다. 윤도는 가벼운 목인사로 답례했다.

"침술이 대단하시네?"

"고맙습니다."

"사실 내가 요즘 미열이 잦아요. 주치의가 처방을 주면 곧 괜찮아지기는 하는데 며칠 지나면 또 그러고… 원인이 뭘까?"

대통령이 물었다.

"삼초의 기혈이 부조화를 이뤄서 그렇습니다. 삼초수와 양지혈, 중완혈 등을 자침하면 되는데 그것들을 주관하는 활육문혈에 침을 넣어 부조화를 밀어냈으니 미열은 다시 없을 겁니다."

"아니, 그럼 임시방편이 아니고 완치를 시켰다는 말인가?"

"마침 그렇게 되었습니다."

"이야, 이래서 방 비서가 채 선생을 초대해 달라고 한 모양이군?"

대통령이 차장보를 돌아보았다. 차장보는 조용한 미소로 답했다.

대통령은 한의에 큰 관심을 보였다. 이런저런 질문도 이어졌다. 윤도는 아는 대로 답했다. 기분이 좋아진 대통령이 직접 금일봉을 건네주었다. 초청자 모두에게 준 봉투라니 그냥 받았다. 그걸 들고 나오려 할 때 김광요 차장보가 운을 떼고 나왔다.

"채 선생님."

"……?"

"방수용 비서 말입니다. 고맙다는 인사를 몇 번이고 하시더군요. 강기문 박사의 간 이식 집도도 그렇지만 채 선생님 장침에 진짜 매료된 눈치입니다."

"예……."

"덕분에 우리 회담은 의미 있게 끝났습니다. 하지만 아시다시피 남북 관계라는 게 갑자기 좋아지기 어려운 환경에 있기 때문에 가시적인 협상이나 발표까지는 아직도 산 넘어 산입니다."

"……."

"아마 다음에는 우리 대표단이 평양에 가게 될 거 같습니다. 그래도 간 이식 덕분에 길이라도 열린 거지요."

"……."

"그런데… 방수용 비서가……."

차장보는 윤도를 돌아보며 천천히 말을 이었다.

"북한에 들어올 때 우리 쪽 의사를 한 사람 동행해 줬으면 좋겠다는 요청을 달았습니다. 처음부터 간 이식에 관심이 많았던 사람이라 그쪽의 첨단 신기술 도움을 받으려나 생각했는데……."

의사 한 사람.

그렇다면 두말할 것도 없이 강기문이었다. 그는 한국 최고의 간담췌장 이식 전문가. 더구나 방수용의 간 이식까지 성공리에 마친 사람이었다. 하지만 차장보의 말은 엉뚱한 곳으로 흘러갔다.

"채윤도 선생을 콕 집어버렸습니다."

"……!"

흘려듣던 윤도가 발딱 눈빛을 들었다.

나?

채윤도?

눈빛이 대신 그 말을 했다.

"바쁜 줄 알지만 이게 남북을 위한 일이라… 죄송하지만 다음 방북 때 저희 측 대표와 동행을 좀 해주셨으면 합니다. 대통령님과도 상의했는데 채 선생님께 허락을 구해보라고……."

"……."

"부탁합니다."

"제가… 제가 지명이 되었다고요? 간 이식을 한 강기문 박사님이 아니고요?"

"예."

"믿기 어렵군요."

"정보망을 통해 알아보았더니 연관이 있기는 하더군요. 방수용의 외사촌 형님께서 북한에서 꽤 유명했던 한의사였다고 합니다."

"……!"

그 말이 윤도 뇌리에 불빛을 당겼다. 그제야 느낌 하나가 왔다. 아까 선문답처럼 던진 어린아이와 족삼리의 뜸 이야기. 비껴가는 질문으로 윤도의 실력을 떠본 셈이었다.

"제가 거기 가서 무엇을 하는 겁니까?"

"글쎄요, 그냥 인사를 위해 오라는 것일 수도 있고 아니면 침을 놓아달랄 수도 있고… 자세한 건 저희도 잘 모릅니다만 한의사에게 수술 같은 큰 요구야 하겠습니까?"

"일정은요?"

"일단 2박 3일로 잡았습니다. 자세한 건 저쪽에서 주석궁의 내락을 받은 후에 다시 결정이 될 겁니다. 그때까지 별다른 의도가 있는지 체크해 보도록 하겠습니다."

'2박 3일?'

"이 일로 야기되는 경제적인 손실은 저희가 전부 보전하겠습니다. 그러니 경색된 남북 관계를 생각해서 대승적인 협조를 부탁합니다."

"……"

"부탁합니다."

김광요는 한 번 더 정중했다.

경색된 남북 관계.

연결고리가 되는 북한 고위층의 특별한 지명.

빼도 박도 못하게 엮여 버린 윤도, 북한행이 결정되는 순간
이었다.

             *   *   *

"……!"

원장실의 윤도가 고개를 들었다. 세 번째 들어온 환자, 기
가 막힌 미인이었다. 윤도는 사실 부용이 보낸 연예인인 줄 알
았다. 하지만 그녀는 공기업의 여직원이었다.

"……!"

화면에 뜬 종합병원의 진단명을 보고 또 한 번 놀랐다.

Rectal Colon Cancer.

그녀의 병명은 직장암이었다. 그것도 말기의 직장암.

"원장님."

첫마디는 동행한 어머니에게 나왔다. 환자의 모친 또한 왕
년에 미스코리아쯤은 했음 직한 미녀였다. 그 짐작은 그녀의
말에서 적중하고 있었다.

"제가 한참 젊을 때는 미인 대회에서 수상도 하곤 했습니다."

"네, 지금도 굉장하십니다."

윤도가 보조를 맞췄다. 인간의 행복이 외모로 결정되는 건 아니지만 아름답다는 건 축복이자 재산이었다. 그건 윤도의 한의원에서도 그랬다. 두 모녀가 자리한 원장실이 잠시나마 밝아지는 느낌이었다. 축복받은 미녀 유전자. 하지만 두 모녀는 물려받지 말아야 할 것까지 물려받았다. 그게 바로 직장암이었다.

"……!"

윤도가 세 번째 뒤집혔다. 어머니가 보여준 건 장루였다. 안에는 대변도 조금 들어 있었다.

"죄송합니다."

옷을 내린 어머니가 내력을 털어놓았다.

미인 대회에 나갔던 어머니는 승승장구를 했다. 기막힌 곳에서 혼처도 들어왔다. 결혼을 했다. 지금의 딸을 낳았다. 그러다 호사다마가 되었다. 출산 후 몸이 전 같지 않았다. 특히 아랫배가 그랬다. 변비가 생기고 치질이 생겼다. 종종 혈변까지 보았다. 변의도 잦아지고 변을 봐도 시원하지 않았다.

처음에는 변비로 인한 치질인 줄 알았다. 아기 때문에 시간이 나지 않아 약으로 때웠다. 이때는 돈만 내면 약을 살 수 있는 시기였다. 약을 먹으면 당분간 호전이 되었다. 하지만 어느정도 시기가 지나면 다시 재발을 했다. 그러다 어느 날 변이 새었다. 자신도 모르는 사이에 찔끔.

"무슨 냄새야?"

남편이 물었다.

"내가 방귀를……."

얼버무리고 화장실로 뛰었다. 거기서 팬티를 보고 기절하고 말았다. 그녀의 나이 아직 20대. 꿈에서도 일어날 수 없는 일이 일어났다. 남편이 그걸 보고 말았다. 아픔보다 큰 수치심이 그녀의 뒤통수를 후려쳤다.

퍽퍽!

"직장암입니다. 좀 일찍 오시지……."

대장항문과 의사의 진단이 한 번 더 충격파를 가했다.

퍽퍽!

그날, 진료실은 한참 동안 침묵으로 범벅이 되었다. 다행히 전이는 없지만 항문까지 내려온 암 덩어리. 항문을 절제해야 한다는 진단이 나왔다.

항문 절제.

다행이야. 전이가 안 되었다니…….

처음에 그녀는 그렇게 안도했다. 하지만 오래지 않아 그 말의 의미를 알았다. 그것은 곧 항문 없이 살아야 한다는 이야기. 달리 말해 배변 줄, 즉 장루를 차고 살아야 한다는 뜻이었다.

"……!"

하늘이 노랗게 변했다. 인생 황혼의 60, 70대 할머니도 아니었다. 더구나 조금 쉬고 연예계에 복귀하려던 계획. 그러나 장루를 차고 연기를 할 수는 없었다. 설상가상 남편에게 이혼 통보를 받았다. 수치심과 절망감에 뭐라 변명조차 할 수 없었다.

죽자.

그녀는 그렇게 생각했다. 쉽지는 않았다. 아기 때문이었다. 수면제를 모아놓고 털어 넣으려 할 때 아기가 울었다. 이 갓난 이를 두고 죽을 수 없었다. 수면제를 버렸다. 아기를 안고 사흘 밤낮을 울었다.

세월이 흘러갔다. 여자는 장루에 익숙해져 갔다. 초기에 비해 기술이 좋아지면서 장루도 작아졌다. 여전히 냄새가 문제지만 옷으로 가릴 수 있었다.

딸이 성장했다. 엄마처럼 예뻤다. 그 옛날 죽지 않은 걸 다행으로 여겼다. 그랬다면 이렇게 예쁜 딸이 성장하는 걸 보지 못했을 테니까.

딸은 잘 자라 이 어려운 시기에 공기업에 덜컥 합격을 했다. 로스쿨 나온 멋진 신랑감도 만났다. 내 아픔이 보상을 받는구나. 어머니는 행복했다. 그녀의 행복은 거기까지였다. 결혼식 준비를 하던 딸, 아랫배 통증을 호소했다. 어머니는 정신이 번쩍 들었다.

아랫배.

자신이 아팠던 그 부위였다.

"병원 가자."

어머니가 딸을 잡아끌었다.

"병원은 무슨… 내가 요즘 신경을 많이 써서 그런다니까."

딸은 손사래를 쳤다. 하지만 신경 쓴 것 때문이 아니었다. 마침내 검은 혈변을 본 날, 어머니는 딸을 잡고 대학병원을 찾았다.

"……!"

진단 결과가 나오자 어머니의 하늘이 노랗게 변했다. 딸은 직장암이었다. 말기까지는 아니었지만 큰 위로가 되지 않았다. 딸 또한 항문 부위에 암세포가 퍼진 것이다. 항문 위 2㎝였다. 선항암 방사선 치료를 받았다. 불행하게도 5개월 후에 재발이 되었다. 비슷한 위치였다.

"수술을 해야겠습니다. 항문은 살리기 어렵게 되었습니다."

의사의 통보는 거의 사형선고였다. 천신만고 끝에 들어간 공기업. 몇 달 후면 신혼 방을 차릴 예비 신부. 그 꽃 같은 딸이 어머니와 나란히 장루를 차게 된 것이다.

"지금 같은 시대에도 방법이 없단 말인가요? 로봇이 수술하고 레이저로 무슨 암이든 고친다면서?"

어머니는 간절했지만 의사는 안경을 고쳐 쓸 뿐이었다.

딸을 데리고 유명한 대학병원을 다 돌았다. 유명한 대장항문과 전문의들을 다 만났다. 딸에게만은 자신의 운명을 물려주고 싶지 않았다. 그래도 방법은 없었다.

"시간을 끌면 방광 등으로 전이될 수 있습니다. 수술을 서

두르시는 게······."

의사의 말은 쐐기가 되었다. 항문을 구하기는커녕 빨리 도려내야 한다는 말이었다. 그때 명침 명의 채윤도의 소문을 듣게 되었다. 그녀들이 본 기사는 바로 소방관이 되고 싶었던 구대홍의 기사였다. 골암으로 희망을 버렸던 공무원 수험생. 다리 절단을 침으로 구하고 소방관에 합격시킨 명의 채윤도.

"마지막으로 한번 만나보자."

어머니는 결단을 내렸다. 그런 다음 직접 한의원으로 달려와 사연을 전하고 예약을 했던 것이다.

명침으로 내 딸의 똥꼬를 구해주세요.

어머니의 소원이었다.

"일단 나가 계시죠."

윤도가 어머니를 내보냈다. 보호자가 지나치게 결연한 것도 좋지 않았다. 진맥을 했다. 요골의 촌, 관, 척 부위에서 식지와 약지가 감을 잡아냈다. 맥이 오장육부를 돌아왔다. 대장의 끝에서 그 기가 흐려졌다. 동시에 사나웠다. 직장암이 맞았다.

대장은 두 가지로 나뉜다. 결장과 직장이다. 직장은 대장의 마지막 부분으로 약 15cm에 달한다. 직장암은 여기에 생긴 악성종양이다.

초기에는 별 증상이 없지만 종양이 진행되면 변에 피가 섞이는 혈변과 함께 변이 가늘어지기도 한다. 대변 습관 변화로 변을 참기가 힘들거나 변을 본 후 곧장 다시 보고 싶어지기도

하고 통증도 수반된다. 동시에 아랫배에도 통증이 오고 질 출혈도 나올 수 있다. 하지만 이런 증상은 치질일 때도 유사하다. 그렇기에 모르고 넘어가는 경우가 많았다.

사기는 괄약근 근처에 바글거렸다. 그녀가 지켜야 하는 항문. 그러나 항문은 이미 무장해제 직전이었다.

"……!"

맥을 정리하던 윤도의 미간이 한 곳에서 멈췄다. 좋지 않은 맥이 나왔다.

'유사 무혼맥……'

반갑지 않았다. 이 맥은 죽은 시체를 암시하는 목숨. 완전한 무혼맥은 아니지만 이런 맥이 나올 단계는 아니니 반가울 리 없었다.

'이 여자……'

다른 생각을 갖고 있었다. 순간적인 것도 아니었다. 그렇다면 맥에 영향을 줄 리 없었다.

'으음……'

윤도는 일단 불편한 마음을 숨겼다.

4. 그녀의 똥꼬를 지켜주세요

"아야!"

진맥을 끝내고 노궁혈을 누르자 환자가 화들짝 놀라며 비명을 질렀다.

"피로가 쌓여서 그렇습니다."

예정대로 호침을 찔렀다. 노궁혈은 피로가 깃드는 혈자리. 엉뚱한 생각이 깃든 육체에서 피로부터 내려줄 생각이었다. 기가 충만하면 부정적인 생각이 사라질 수 있었다. 발바닥의 용천혈에도 한 방을 넣었다. 노궁혈과 용천혈에 기가 실리자 얼굴빛이 조금 밝아졌다.

"항문 어떠세요? 힘이 안 들어가죠?"

"예."

"통증도 상당하고요?"

"네."

"항문이 조금 위태롭기는 하네요."

"선생님."

듣고 있던 그녀가 조심스레 입을 열었다.

"네?"

"……"

"말씀하세요."

"저… 장루 안 달고 살 수 있을까요?"

"……"

"엄마가 달고 사는 걸 어릴 때부터 보고 자랐어요. 그것 때문에 얼마나 안타까웠는지 몰라요."

"……"

"그걸 본 친구들이 놀리기도 했고… 엄마가 동네 아줌마들하고 싸울 때면 '똥 찬 년'이라는 소리도 들었어요. 엄마가 저몰래 혼자 우는 것도 많이 봤죠."

"……"

"때로는 엄마가 미웠어요. 걸릴 병이 없어 저런 병에 걸려가지고 나를 이렇게 창피하게 만드나……."

"……"

"그러다 제가 직장암 판정을 받고 장루를 차게 될 신세 앞에 놓이니 기분이 묘했어요. 한편으로는 엄마 몰래 엄마 흉본 거 벌받나 싶다가도 이제 둘 다 장루를 차니 엄마가 외롭지도, 냄새 때문에 내 앞에서 조심할 필요도 없게 되었네 하는 생각도……."

"……."

"직장암 환자로 변을 보는 일, 그것도 실은 어마어마한 고통이거든요. 화장실 신호가 오면 심장부터 내려앉아요. 오늘은 또 어떻게 변을 봐야 하나……."

"……."

"눈물은 기본이죠. 가끔은 화장실에서 기어서 나오기도 하고, 또 가끔은 10, 20분씩 일어나지 못하기도 했어요."

그녀의 목소리는 착잡했다. 왜 아닐까? 모든 암은 심리적인 부담감이 어마무시하다. 거기다 직장암이다. 항문에 접한 환부였다. 하다못해 치질이나 변비만 해도 똥꼬가 찢어지고 대장이 뒤집히는 느낌인데 '암'임에야.

"죄송하지만 혹시 가능성이 없더라도 우리 엄마에게는 가능성이 있다고 해주시면 고맙겠어요. 몇 달 동안 침이나 한약을 먹으면 완쾌가 된다고……."

환자의 목소리가 비었다.

"그래야 할 이유가 있나요?"

경청하던 윤도가 조용히 물었다.

"다음 일은 그 안에 차근 생각해 보려고요. 그러는 동안만

이라도 엄마는 희망을 가지고 살지 않겠어요?"

"그 생각의 끝은 뭐죠?"

"그건……."

"제가 한번 맞춰볼까요?"

"……."

"자살이죠?"

"……?"

돌직구가 꽂혔다. 지향 없던 환자의 시선이 파뜩 올라왔다. 윤도에게 정곡을 찔린 것이다. 그녀의 유사 무혼맥. 바로 자살 생각이 원인이었다. 죽음을 담고 있기에 맥이 풀렸던 환자였다.

"어떻게 아셨어요?"

그녀가 물었다.

"그 부탁을 하려고 우리 한의원에 온 건가요?"

"그건 아니지만… 큰 병원들도 손을 든 일이라… 이 분야의 명의는 거의 다 만났거든요."

"마음속에 완전 불가능이라는 생각이 들었다면 일어나서 가세요."

"네?"

"저는 죽을 생각을 하는 환자는 진료하지 않습니다. 살 생각을 하는 환자만 돌보기도 바쁘니까요."

"선생님."

"살 생각을 하세요. 그럼 당신을 살려줄 수 있습니다. 아니, 목숨이 아니라 항문이군요."

"가능하다는 건가요?"

"당신 머리에서 그 나쁜 생각을 씻어버린다면!"

윤도가 환자를 쏘아보았다. 명의의 신념이 실린 눈빛이었다.

"정말 가능해요? 저 장루 안 차고… 직장암이 나을 수 있다는 건가요?"

"말씀드렸지 않습니까? 당신이 허튼 생각을 하지 않는다면."

"선생님!"

"어떻게 할 겁니까?"

"병을 고칠 수만 있다면… 그렇다면 누가 허튼 생각을 하겠어요?"

"고칠 수 있습니다."

윤도가 단호하게 답했다.

"선생님!"

"약속하는 겁니다. 지금 이 순간부터 당신의 머리에서 허튼 생각을 다 지워 버리는 걸로."

"네……"

"혹시 집에 수면제 같은 거 모았으면 돌아가는 즉시 버리세요."

"……"

환자가 흠칫 흔들렸다. 그 또한 정곡을 찔린 까닭이었다.

"치료 시작합니다."

"네."

"옷 다 벗으세요. 아무것도 입지 말고!"

윤도의 지시는 간결했다.

톡!

첫 출발은 호침이었다. 호침을 요근혈에 넣었다. 요근혈은 다리의 질환을 치료할 때 많이 쓰이지만 항문으로 가는 침감을 체크하는 데도 유용했다. 그렇기에 호침이었다. 아홉 가지 침 중에서 호침이 가장 섬세하니 시작부터 더욱 신중한 윤도였다.

호침으로 느껴지는 기의 이동을 체크했다. 처음에는 날렵하게 나가던 침감이 슬슬 속도가 죽기 시작했다. 직장 쪽의 기 흐름이 어떻게 불량한지를 알았다.

'쉽지 않군.'

소리 없이 날숨을 밀어냈다. 기가 느리게 움직이면 그만큼 치료가 힘들었다. 족삼양경의 줄기를 따라 머리에서 발까지 가는 기를 체크했다. 수삼음경에서는 발에서 배로 가는 흐름을 기억했다. 경락의 흐름은 중요하다. 반드시 알아야 한다. 하지만 그것만으로도 충분하지 않으니 역순까지도 알아야 좋은 한의사가 될 수 있었다.

임맥과 충맥, 내관에도 호침을 넣어보았다. 셋 다 복부와 관련된 혈자리였으니 대장 상태에 대한 일제 점검이었다.

사기는 직장의 끝에 있었다. 환자가 가져온 영상물 정보보다 0.5㎝ 정도 항문 쪽에 가까웠고 항문 괄약근에서 막 싹이 나는 놈도 있었다. 최종 진단 이후에 암 덩어리가 두 개나 더 추가된 것이다. 크기는 콩알만 했다.

환자를 두고 약제실에 들렀다. 윤도가 집어든 건 새로운 약침 재료였다. 혹을 없애는 굴거와 유사한 성분을 이룬 약재였다. 약쑥과 인동, 쇠비름, 주엽나무 등의 진액을 배합해 만들었다. 이 약재는 진경태와 윤도 합작의 또 하나의 쾌거였다.

산해경의 영약들은 분석되지 않는 경우가 많았다. 하지만 윤도의 생체 분석 능력이 있었다. 유사한 성분들의 배합체에서 결국 굴거와 유사한 배합을 찾아냈다. 굴거만큼은 아니지만 기존의 약침보다는 몇 배나 나았다.

그걸 집어들고 침구실로 돌아왔다.

사락!

환자를 덮고 있던 시트를 걷었다. 그녀의 뽀얀 육체가 드러났다. 윤도의 눈은 백회혈과 공최혈로 옮겨갔다. 둘은 직장과 직접 관련된 혈자리였다. 다음으로 폐수혈과 신주혈, 노수혈을 보았다. 이들 역시 대장과 연결되는 라인이었다.

딸깍!

윤도가 침통을 열었다. 첫 번째 장침이 뽑혀 나왔다. 그 당첨자는 중완혈이었다. 일단 아랫배를 안정시키면서 침향이 가는 곳을 쫓았다.

'백회, 공최, 천추, 장강, 회음혈.'

다섯 혈자리가 반응을 해왔다. 원래는 중완혈까지 여섯이지만 이미 침이 들어갔으니 제외시켰다.

'요근혈, 수삼리, 신주, 양로.'

다시 네 개의 혈자리가 추가되었다. 이들은 앞선 주력 혈자리를 보조하는 지원군이자 특공대의 임무를 위해 필요했다.

백회혈에 장침이 들어갔다. 공최와 천추에도 들어갔다. 모두 화침이었다. 그런 다음에 하체로 내려갔다. 장강혈과 회음혈에 침을 넣기 위해서였다.

두 혈자리는 매우 난해했다. 장강혈은 독맥의 낙혈이다. 궁골이나 궐골이라고도 불린다. 하필이면 항문과 미골의 중간 지점. 환자의 경우에는 항문에 가까웠다. 회음혈은 한 수 더 난해하다. 이건 항문과 질의 중간으로 보면 되었다. 하지만 윤도에게는 그저 혈자리일 뿐이었다. 손바닥의 노궁혈이나 다를 바 없는 것이다.

그런데…….

똑!

하필 절침이 나왔다. 침은 두 번이나 더 부러졌다. 혈자리가 굳어 있어 주변을 잘 풀어줘야 할 상황. 하지만 오래 마사지하기 난해한 자리였다.

'어쩐다?'

혈자리를 바라보았다. 언제 보아도 심오한 계곡은 오늘따라 더 심오해 보였다. 잠시 숨을 돌리고 응용 시침으로 돌아섰다. 회음혈은 임맥의 낙혈. 그 윗자리 혈에 호침을 넣어 성난 혈자리를 달랜 것이다.

쏙!

응용은 성공적이었다. 돌처럼 단단하던 회음혈이 풀리며 장침을 받아들였다. 거기서 전체 침감을 살폈다. 침감은 느리게 느리게 직장 쪽으로 몰리고 있었다. 환자의 어깨를 살짝 들어 신주혈에 장침 하나를 더했다. 신주는 장이 무력할 때 좋은 혈자리였다. 그제야 침감의 속도가 좀 붙었다.

'이제 제대로 한판 붙어볼까?'

약침을 뽑아 들었다. 위치는 수삼리였다. 작심한 화침이 팔의 수삼리혈을 차고 들어갔다. 이 혈에서 직장의 암 종기와 대적했다. 말하자면 다른 혈자리의 공세로 암세포의 예봉을 무너뜨리며 날리는 회심의 저격이었다.

수삼리로 들어간 침은 평소보다도 강력한 화침이었다. 뜨끈했다. 암세포는 열에 약하다. 세계 각국에서는 오래 전부터 암 치료에 열을 사용해 왔다. 현대 의학에서도 고주파를 이용하여 암세포를 저격하는 방법을 쓰고 있다. 고주파는 항암제와 방사선을 병용하는 경우가 많다. 정상세포는 44°C가 넘어야 죽지만 암세포는 42°C가 되면 죽는 특성을 이용하는 것이다.

42℃.

화침의 승부처였다.

그렇기에 윤도의 손가락은 다른 날에 비해 뜨거웠다. 마치 난로가 들어앉은 것 같았다. 이 불의 기운이 다른 장침의 침감과 파동을 맞추었다.

스슥!

소리 없이 암세포를 향해 다가가는 것이다.

다음으로 장강혈로 옮겨갔다. 약침으로 넣었던 장강혈. 이제는 수삼리만큼 뜨거운 화침으로 바뀌었다. 장강혈은 수삼리의 길잡이로 삼았다.

수삼리는 화농의 특급 저격수로 안성맞춤이었다. 화농 명혈이다. 고름이 있으면 없애 버리고, 피부나 조직이 썩기 시작하면 가차 없이 녹여 이물을 제거한다.

'녹아라… 직장 끝의 암 덩어리들……'

윤도는 자신의 의지와 기를 듬뿍 실어 보냈다.

"……!"

손끝으로 감이 왔다. 저 검은 철갑 기세의 암 무리들. 그들을 향해 진격하는 윤도의 장침 군단. 그 군단의 틈새에서 은밀하게 움직이는 은밀한 저격수 수삼리혈.

암세포의 발악이 엄청나지만 장침 군단은 멈추지 않았다. 마침내 장침의 기세가 암세포의 성벽에 닿았다. 초반 기세는 암세포의 압승이었다. 선발대로 내려온 장침 군단의 힘은 암세포들의 거친 파워 앞에서 무력하게 무너졌다. 하지만 그 기세의 체외 조절자는 신의 손가락 채윤도. 무너지고 스러져도 장침의 공격은 멈추지 않았다.

철갑의 암세포들은 기세등등했다. 그 기세에 홈을 낸 게 저격수들이었다. 맹렬한 격돌의 틈을 타 수삼리의 기가 암세포에 닿았다. 약침의 힘을 받은 수삼리는 암세포를 골라 자폭했다.

사륵!

스륵!

암세포가 녹으며 하나둘, 방어벽이 무너지기 시작했다. 시원하다 못해 통쾌한 장면이었다. 혈자리 공략법에서 약침 공략법, 마침내 환부 저격 공략법까지 발전하는 윤도였다. 인체 어디라고 손처럼 침을 넣을 수 있는 윤도였기에 가능한 일이었다.

그런데…….

"선생님!"

거기서 환자의 목소리가 다급하게 터졌다.

"아픈가요?"

"뜨거워요."

"조금만 참으세요. 지금 암세포를 녹여내는 중입니다."

"하지만 오줌보가 터질 거 같아서…….'

"……!"

윤도가 그녀의 하체로 고개를 돌렸다. 터진 건 오줌보만이 아니었다. 그녀의 항문에서도 비향기로운 덩어리가 빼꼼 인사를 하고 있었다. 아직 치료침이 다 들어가지도 않은 상황. 윤도 머리에 그린 최후의 지원군 양로혈은 시침도 않은 판이었다. 옹저의 치료에 수삼리와 쌍으로 쓸 요량이었다. 수삼리와 짝을 지으면 농과 옹저 치료에 시너지 효과를 낼 혈이기 때문이었다.

'음……'

맥으로 상황을 살폈다. 직장암의 표면은 어느 정도 녹았다. 거기에 환자의 체력이 딸리는 상태. 그렇다면 첫 치료에서 무리수를 둘 필요가 없었다. 하루 이틀 지난다고 목숨이 위험한 경우는 아니기 때문이었다.

"그럼 오늘은 여기까지만 하죠."

감을 잡은 것에 만족하고 발침을 했다.

"네……"

그녀는 서둘러 화장실로 향했다.

"직장 쪽 암세포를 일부 녹였습니다. 밤에 열이 날 수 있어요. 해열 약제를 드릴 테니 가져가서서 드시고 변에 평소보다 많은 피가 나와도 놀라지 마시기 바랍니다."

주의 사항을 알려주고 첫날 치료를 마감했다.

"어때요?"

어머니가 들어와 물었다.

"잘될 것 같습니다."

윤도가 대답했다.

"또 뵙겠습니다."

어머니는 딸을 부축해 나갔다. 딸은 걸음이 자연스럽지 않았다. 두 모녀의 뒷태는 신기하게도 닮아 있었다.

다음 날, 그녀가 오지 않았다. 연락도 없었다. 밤새 공략법을 정리하고 기다리던 윤도였다. 통증을 낮추고 침감을 강화한 약침도 임자가 없으니 몇 방울의 물에 불과했다.

"어제 그 직장암 환자 연락 없었나요?"

진료하는 사이에 승주에게 물었다.

"없었는데요?"

승주가 대답했다. 윤도는 마지막 환자를 받았다. 어린 아토피 알레르기 비염 환자였다. 맘 카페를 통해 이 분야의 치료에 꽤 알려진 윤도. 거의 완성 단계에 있는 신약만으로 콧물을 잡았다. 그 후에 장침을 넣자 아이는 금세 편안한 표정이 되었다. 그때 현관 쪽에 119 구급대 사이렌이 울렸다.

"원장님!"

창밖을 보던 승주가 소리쳤다. 119 구급대였다. 구급대원들이 내리고 있었다. 구급대는 환자 한 사람을 내렸다. 어제 왔던 직장암 환자였다.

"구급대 19년 동안 응급환자가 한의원으로 가자는 건 처음입니다."

서류에 사인을 받으며 구급대원이 말했다.

"어떻게 된 거죠?"

윤도가 환자에게 물었다. 열감이 있고 늘어지긴 했지만 의
식이 있었다.

"밤에 열이 심해서 병원 응급실에 다녀왔어요. 그런 다음
귀가했는데 계속 실변이… 딸이 절망을 했는지 그냥 이대로
죽겠다고 고집을 부리는 바람에……"

설명은 어머니가 대신했다. 그 얼굴에 눈물이 깃들었다. 삶
을 내려놓은 환자와의 실랑이를 안 봐도 알 것 같았다. 윤도
가 환자를 바라보았다. 손에 약병이 암팡지게 쥐어 있었다. 수
면제였다.

"잠깐 나가 계시죠."

윤도가 보호자를 내보냈다. 창밖으로 119 구조대가 돌아가
고 있었다.

"그거 수면제죠?"

윤도가 환자에게 돌직구를 던졌다.

"네."

"먹었나요?"

"먹을까 생각 중이었어요."

답하는 환자의 시선은 허공이었다.

"그런 생각 버리기로 하지 않았나요?"

"알아요."

"……."

"선생님은 죽을병에 걸려보셨나요? 아니면 저처럼 이런……."

"아뇨."

잘라 말했다. 감성의 포로가 된 환자에게 부화뇌동할 생각은 없었다.

"저처럼 이런 상황이 되면 하루에도 열두 번씩 마음이 바뀌어요. 그냥 죽자. 아니야, 희망이 있을 거야. 무슨 희망? 평생을 장루라는 감옥을 차고 다닐 상황? 아니야, 말기 암을 고친 사람도 많잖아……."

"……."

"어제도 그랬어요. 여기서 나갈 때는 희망이 솟았는데 열이 오르면서 변이 새자 긍정이 사라졌어요. 그까짓 침이 어떻게 이 암을 낫게 하겠어. 최고의 병원도 못하는 일을……. 괜히 너만 더 초라해질 뿐이야. 발버둥치지 말고 그냥 이대로……."

"그런데 왜 수면제를 안 먹었죠?"

"먹으려 할 때 엄마가 내 방에 들어왔어요."

"……."

"한 번……."

"……."

"마지막으로 한 번만 해보자고 하셔요. 그래서… 살아남을 엄마를 위해 잠시 미뤘어요."

"김 샘."

윤도가 승주를 돌아보았다.

"네, 원장님."

"우리 냉장고에 샴페인 한 병 남았죠?"

윤도가 물었다. 간호사와 약제 팀은 탁상명이 준 돈으로 회식을 나갔다. 고질병이던 가슴 결림을 고치고 간 와인바 사장의 가게였다. 거기서 회식을 하고 작은 샴페인 세 병을 얻었다. 그걸 기억하는 윤도였다.

"네."

"한 병만 가져오세요."

윤도의 지시를 받은 승주가 샴페인을 가져왔다. 윤도는 그 병을 수면제병과 나란히 그녀의 머리맡에 놓았다.

"선생님?"

"우선 잘 왔습니다. 제가 할 말은 그것뿐입니다. 시침이 끝나면 둘 중 하나를 잡게 될 겁니다. 실패하면 정다래 씨는 집으로 돌아가 수면제를 털어 넣을지도 모르겠군요."

"……"

"하지만 저는 샴페인 쪽에 겁니다. 여기서 나가기 전에 저 수면제를 정다래 님 손으로 쓰레기통에 버리고 샴페인으로 저랑 건배하게 해드리죠."

"……"

"그럼 축배의 서전을 장식해 볼까요?"

윤도가 침통을 들었다. 말과는 달리 결연한 시작이었다.

첫 출격은 어제처럼 중완혈이었다. 하지만 세 개의 침은 삼향다침으로 넣었다. 어제는 아랫배의 힘이 약했다. 그걸 보완하는 윤도였다.

백회혈에 장침이 들어갔다. 공최와 천추에도 들어갔다. 하체로 내려가 장강혈과 회음혈에 침을 넣었다. 난감한 부위지만 이미 익숙해졌다.

똑!

어제의 절침이 생각났다. 오늘은 애당초 임맥 라인에 호침두 개를 넣어 혈자리의 경직을 풀었다. 회음혈은 얌전히 장침을 받아들였다.

신주혈에 두 개의 장침을 넣은 후 본격 공세를 시작했다. 뜨끈하게 달아오른 손가락으로 화침을 시전한 것이다. 저격수를 생산하는 수삼리혈 약침이었다. 뒤를 이어 양로혈에도 두 장침을 약침으로 꽂았다. 농이나 옹을 공격해 녹여 버리는 수삼리. 역시 비슷한 역할로 힘을 실어주는 양로혈. 선봉군들 사이에서 다가선 두 저격수 연합군이 암세포를 몰아치기 시작했다.

우우우!

그 기세가 어제와 달랐다.

어제 이미 제1방어벽을 상당 녹여 버린 윤도. 오늘은 양로혈의 기세까지 얹어 단숨에 암세포의 본진으로 밀고 들어갔다. 작지만 항문이라는 천혜의 요새를 차지한 암 덩어리들. 그러나 집요하게 저격해 대는 두 혈자리의 기세에 밀리기 시작했다.

"아야!"

환자가 신음을 내쉬었다. 그때마다 환자의 몸에 몸서리가 일었다.

"조금만 참으세요."

윤도는 수삼리의 공세를 늦추지 않았다. 천혜의 요새에 자리를 튼 암세포들. 얌전히 물러갈 리가 없었다.

"조금만······."

그야말로 사투였다. 인체의 말단 중의 하나. 항문 근처에 또아리를 튼 암세포들을 향한 침감의 조준. 그게 쉬울 리 없었다. 천하의 윤도라고 해도 사력을 다해야만 했다.

'마지막······.'

윤도 손끝에 사나운 기세가 느껴졌다. 이미 몇 개의 기세를 넘은 상황. 그렇다면 이게 암세포의 본산이자 뿌리가 분명했다.

'미안하지만······.'

윤도의 마지막 기가 손끝으로 들어갔다. 최후의 저격을 노리는 기의 합체였다.

'이제 꺼져줘야겠다.'

후웅!

41.5℃

42.0℃

42.2℃

윤도는 광기의 몰입으로 직장암의 본산에 치명적인 온도를 가했다. 오직 한 부분, 직장 끝에서만 작렬하는 명침의 신기에 암세포의 본산이 녹아나기 시작했다. 역시 수삼리혈과 양로혈이었다. 수삼리는 암세포의 분해를 돕고 양로가 뿌리를 흔들었다. 두 혈자리는 녹아나기 시작한 암세포만을 골라 처절하게 녹여내기 시작했다.

저격이다.

지상 최고의 저격이었다.

손끝으로 전해오는 그 느낌은 윤도 마음을 후련하게 만들었다.

'최후의 한 세포까지.'

땀범벅이 된 윤도가 마지막 기를 보탰다. 옆의 승주는 숨도 쉬지 못했다. 이 사람은 그냥 한의사가 아니었다. 지금 이 순간, 그녀의 원장인 윤도는 한 사람의 신선이었다. 그 누구도 범접하기 어려운 숭고함 속에서 환자 속의 질병과 맞장을 뜨고 있는…….

후웅!

마지막 암세포 덩어리에 작렬하는 화침의 기는 차라리 장

럴했다.

지직!

윤도는 보았다. 환자의 항문에서 새록새록 삐져나오는 증기와 액체 덩어리들. 철갑의 암세포들이 녹아 나오는 것이다. 그리고… 마침내 항문 괄약근이 실룩 요동을 하더니 시커먼 액체의 덩어리들이 꾸역꾸역 밀려 나왔다. 직장 암세포의 최후였다.

"악!"

"아!"

환자와 윤도의 비명은 거의 동시에 나왔다. 환자는 악몽을 밀어낸 비명이었고 윤도는 탈진에 가까운 비명이었다.

"원장님."

승주가 소리쳤다.

"나보다 환자를… 이제 끝났어."

윤도는 자신을 지탱하며 환자를 가리켰다. 승주는 녹아 나온 암세포 덩어리를 치우고 환자를 안정시켰다. 승주의 품에서 환자는 윤도를 보았다. 탈진에 가깝게 늘어진 윤도, 그러나 환자의 시선을 느끼자 눈빛을 들며 웃었다. 구세주가 거기 있었다.

"정다래 님."

윤도가 천천히 입을 열었다.

"네?"

"기분 어때요?"

"시원해요. 똥꼬 안에 꽂힌 포크가 빠진 듯 날아갈 것만 같은 기분이에요."

"그럼 이제 선택하세요."

"……"

윤도 말을 들은 환자가 시선을 돌렸다. 그녀의 머리맡에는 수면제병과 샴페인병이 나란히 놓여 있었다. 수면제와 샴페인……

그녀의 선택은 당연히 샴페인이었다.

"같이 한잔하고 싶지만 나중으로 미루고요, 집에 가서 어머니와 드세요. 항문과 함께 정다래 님에게 드리는 제 선물입니다."

"원장님……"

환자의 얼굴에서 눈물방울이 떨어졌다.

"다래야!"

승주의 통보를 받은 어머니가 쏜살처럼 들어섰다.

"엄마, 나 다 나은 거 같아. 저것 좀 봐."

환자가 샘플 통을 가리켰다. 거기 시커멓게 녹아 나온 암세포 덩어리들이 보였다.

"아, 부처님, 하느님 고맙습니다. 고맙습니다."

어머니는 샘플 통을 향해 미친 듯이 고개를 숙였다.

"엄마, 감사는 원장님께 해야지. 그건 나를 괴롭힌 암 덩어리야. 정말이지 원장님이 혼신의 힘으로 침을 놓아주셨어."

"원장님······."

어머니의 인사가 윤도 쪽으로 방향을 틀었다.

"다행히 암세포는 다 잡았고요, 하지만 치료는 이제 시작입니다. 계속적인 예후 관찰이 필요하고 탕제로 오장의 기혈을 돌봐야 합니다."

"예, 예······."

"어쨌든 한 가지는 확실합니다. 따님의 똥꼬는 지켰다는 거."

"원장님이 제 은인입니다. 우리 모녀의 은인입니다."

"샴페인 한 병 선물로 드렸으니까 오늘 내일 좀 안정되면 한 모금씩 하시고요 이건 제가 안전하게 폐기하겠습니다. 이의 없죠?"

윤도가 수면제병을 들어 보였다. 이의가 있을 리 없는 일이었다.

"원장님······."

어머니는 끝내 무너졌다. 그동안 애를 끓은 서러움이 한 번에 날아갔다. 고뇌의 무게를 비우니 어깨가 가벼워졌다. 그녀는 그 감격에 취한 것이다.

올 때는 119 구급차를 타고 온 정다래 환자. 갈 때는 약혼자의 부축을 받으며 나갔다. 치료를 확신한 그녀가 전화를 건 것이다.

"나 이제 걸을 때도 별로 안 아파."

정다래가 혼자 서 보이며 얼굴을 붉혔다.

"고맙습니다!"

약혼자는 큰 소리로 윤도에게 고마움을 표했다. 모녀는 약혼자의 자가용을 타고 떠났다. 119 구급대 차를 타고 온 올 때와는 아주 달랐다.

"원장님……."

승주는 아직까지도 감동이 가시지 않은 모양이었다.

"왜?"

"너무 멋져요. 원장님의 장침은 정말 불가능이 없는 거 같아요."

"어허, 내 진이 얼마나 빠진지 알아?"

"아뇨. 원장님이 장침을 시침할 때 보면 신뢰감부터 들어요. 저 환자는 이제 낫겠구나……."

"그렇지는 않아. 실은 나도 늘 불안하고 겁이 나거든."

"진짜요?"

"그럼. 이 병은 또 어떻게 고칠까, 이 환자는 또 내가 모르는 어떤 특이한 기전을 가지고 있지나 않을까?"

"원장님……."

"어쩌면 오늘 환자도 내 장침이 아니라 그 환자 마음속에 있는 희망이 치료를 가능하게 한 걸 거야. 누구든 환자가 포기해 버리면 제아무리 명의라고 해도 소용이 없는 법이니까."

"명언이네요. 잘 새겨놓고 환자들이 희망을 가질 수 있도록 열심히 조력할게요."

"땡큐!"

윤도가 웃었다. 창창한 젊은 아가씨의 똥꼬를 세이브시킨 윤도. 마치 메이저리그 월드 시리즈 결승 7차전의 한 점차 승리를 세이브시킨 구원투수처럼 피로를 내려놓았다. 그녀는 챔피언. 아니, 이제 그보다 더 당당하게 인생을 살아갈 수 있게 되었다.

똥꼬 세이브 프로젝트.

대성공이었다.

5. 대륙 침술대가 장지커

"어제 너무 달렸어요."

출근하고 가운을 입을 때 연재가 배를 문질렀다. 어제 그녀의 친구들을 만났단다. 윤도 이야기를 하며 늦게까지 달렸다. 술은 백약(百藥)의 으뜸. 그러나 한국의 음주 문화는 백약 쪽과는 거리가 있었다. 당연히 컨디션이 좋을 리 없었다. 장침두 방으로 그녀를 도왔다.

"우와, 머리가 확 맑아진 거 있죠? 속도 편안해졌고……."

연재가 좋아했다.

"원장님하고 일하니 술 마시는 것도 겁이 안 나요. 이렇게 도와주시니……."

정나현이 웃었다.

"그럼 우리 종일이도 한 대 부탁합니다. 저 친구도 어제 군대 간 후배 만나서 제대로 달린 거 같던데……."

진경태가 종일을 가리켰다. 당연히 그에게도 두 대의 장침이 들어갔다.

이날은 아무래도 알코올이 화두였다. 두 번째 들어온 사람도 알코올중독이었다. 그러나 탓할 수 없었다. 그의 직업이 술상무였던 것.

술상무!

여자들은 이 말뜻을 잘 모르는 경우가 있다. 간단히 말하면 회사의 접대 담당자 혹은 대외 고객 관리나 영업 전담쯤 될 것 같다. 한국의 남자들은 아직도, 술로 인간관계를 이루는 경우가 많았다. 서먹한 분위기를 술로 풀고 이야기를 진행하는 것이다. 술은 가끔 좋은 친구가 되니 술 한잔 들어가면 비즈니스가 잘 진행되는 장점도 있었다.

이 경우가 남녀 관계로 옮겨가면 작업주가 된다.

진맥을 하려 하니 환자 손이 떨렸다.

'서경……!'

이유 없이 손이 떨리는 경우를 서경이라고 한다. 손으로 글을 쓰는 작가들에게 많이 생긴다고 해서 붙여진 이름이다.

손 떨림……. 안면 떨림보다는 낫다. 괜찮을까? 아니, 전혀 그렇지 않다. 손이 떤다는 것은 손의 근육이 떤다는 이야기다. 근육이 그냥 떨릴 리 없다. 긴장이 발생한 증거다. 이런 문제는 간으로 귀결된다. 알코올중독자들이 손 떠는 경우가 많은 게 반증이다. 그러니까 이 환자는 간이 좋지 않다는 뜻이었다. 주독(酒毒)이 엄청나게 쌓여 있었다. 간이 허하면 보지 않아도 알 일들이 수반된다. 신장과 비장이 피곤하다. 위장은 말할 것도 없다.

"간이 정신 번쩍 드는 장침 한 방 부탁합니다."

40대 후반의 환자가 붙임성 있는 청탁(?)을 던져왔다. 마케팅 팀장이라는 남자는 성격이 서글서글하고 좋았다.

"술을 원래 좋아하시나요?"

윤도가 물었다.

"아닙니다. 이게 직업이다 보니……."

"한 번에 마시는 주량이 얼마나 되죠?"

"대중없지만 보통 시작하면 하루 소주 세 병은 기본이죠. 양주로 마시면 작은 거 2, 3병, 맥주만 마시면 5,000cc 이상?"

"일주일에 마시는 횟수는요?"

"하핫, 거의 매일입니다."

"소주, 맥주, 양주를 거의 매일……."

"며칠 쉴 기회가 있기도 한데 이게 또 안 마시면 허전해서 말이죠. 딱 한 잔만 하려다가 결국 한 병이 되고 두 병이 됩니다. 저 심각합니까? 건강검진에서는 그래도 γ−GPT 하고 GPT 외에는 쓸 만하던데……."

"이거 한번 보시겠어요?"

윤도는 알코올성 간염으로 작살이 나서 적출된 간 사진 샘플을 보여주었다.

"흐미……."

환자가 몸서리를 쳤다. 흔히들 이렇다. 실물을 보면 몸서리를 치지만 흉곽 안에 든 자신의 장기 혹사에는 관대하다. 보이지 않는 까닭이다.

"선생님 간은 사실 이 상태보다 나을 게 없습니다. 주독에 찌들어 머잖아 심각한 결과를 초래할 수도 있습니다. 간경의 기혈이 바닥났거든요."

"나쁜 줄은 알고 있었는데……."

환자가 뒷덜미를 긁었다.

"술을 마시면 간은 소위 노가다를 해야 합니다. 간은 원래도 할 일이 많은데 술이 들어오면 만사를 제치고 알코올부터 분해해야 하죠. 간이 소주 한 병을 분해하려면 하루가 걸립니다. 2차다 3차다 달리면 며칠 동안 알코올 분해 업무에만 시달려야 하죠. 그나마 일주일에 한두 번이면 견딜 만한데 그렇게 빼곡하게 달리면 후유증이 깊어져 간세포 사이에 지방이라는 상흔으로 남습니다. 이것들은 결국 간의 업무 능력을 방해하는 훼방꾼이 되어 업무 능력을 떨어뜨리죠. 핸드폰으로 치면 LTE를 2G, 3G 기능으로 만든다고나 할까요?"

"오옷, 그 설명 실감 나는데요? 핸드폰이 그렇게 버벅거리면 열 뻗치죠."

"간이 그 정도면 위 역시 마찬가지입니다. 선생님 상태로 보면 위에 만성 염증까지 있는데 맥주는 쥐약입니다. 낮은 도수의 술이 들어가면 위는 위산을 분비합니다. 위궤양 심해지라는 셀프 디스가 따로 없죠."

"그럼 양주를 먹으면 덜할까요?"

"그런 독주를 먹으면 위에서 출혈이 날 수도 있어요."

"으헉."

"그 아래 소장 역시 무지막지한 노가다로 병이 들고 있습니다. 알코올의 90% 정도는 소장이 흡수하거든요. 안주라도 잘 챙겨 먹지 않는다면 소장도 연일 폭행을 당하는 거나 같습니다."

"폭행… 쩝!"

"췌장은 어떨까요? 선생님 나이대의 한국 남자들이 조심해야 하는 췌장에게 있어 알코올은 독배나 진배없습니다. 술이 들어오면 기능이 떨어지는데 췌장이 제 기능을 하지 않으면 당뇨가 될 가능성이 솟구치게 됩니다. 알코올성 당뇨라고 알고 계시죠?"

"예……."

"심장은 어떨까요?"

"심장이야 술과 상관없지 않을까요?"

"그렇지 않습니다. 술을 마시면 오장육부가 피를 달라고 아우성을 칩니다. 심장도 노가다에서 벗어나지 못하는 공동 운명체이죠."

"……."

"결국 폐까지 연결됩니다. 폐도 알코올을 분해하거든요. 양으로 치면 그리 많지 않지만 인체는 맞물려 서로 돕게 되어 있으니 어느 장부가 격무에 시달리면 다른 장부도 쉴 수가 없습니다. 회사 일하고 다를 바 없지요."

"술을 끊으라는 말씀이군요?"

"술이 직업이시라니 그럴 수야 있나요? 마시되 일주일에 2, 3일은 간장이 쉴 시간을 주라는 거죠. 그리고 간에 장비 지원을 하십시오."

"장비라면?"

"비타민과 무기질… 이런 걸 보태주면 간이 알코올을 분해하는 데 큰 도움이 됩니다. 어차피 부려먹으려면 먹여가면서 부려먹으시는 게 좋습니다."

"죄송합니다."

"제 치료를 받으시려면 한 가지 더 유념할게 있습니다."

"더요?"

"제 장침은 뜸의 기능을 겸하는 경우가 많습니다. 따라서 주독은 빠지지만 주량은 줄어들게 될 겁니다."

"아주 못 마시는 겁니까?"

"그렇지는 않지만 취기가 빨리 옵니다."

"알겠습니다. 이번 기회에 술 좀 줄여보죠, 뭐."

환자가 동의했기에 시침에 들어갔다.

술!

알코올중독에는 신문혈이 좋다. 신문혈에 침을 놓으면 불안장애도 눈에 띄게 줄어든다. 실제로 신문혈에 자침을 하면 불안을 상승시키는 호르몬 수치가 의미 있는 변화를 보인다. 신경 물질 사이의 균형과 조화를 이루어 회복을 도움으로써 불안 증세를 없애는 것이다. 확대해 말하자면 불안장애 전체에 신문혈이 의미가 있다는 뜻이 된다.

하지만 윤도의 시각은 단순히 알코올중독 침에만 있지 않았다. 간의 기혈 저하는 신장과 비장까지 연결되는 일. 그렇기에 시침의 출발은 신장과 비장혈이었다. 다음으로 소장수와 삼초의 조화를 추구했다. 이렇게 인체 전반의 기혈 조화를 잡은 후에야 신문혈에 장침을 넣었다. 주독이 열린 혈문을 따라 시원하게 밀려 나갔다. 신장과 비장, 삼초의 지원이 간의 치유 능력을 도운 것이다.

'40분…….'

시침 시간은 오래 잡았다. 주독이 깊은 까닭이었다. 그 중간에 15분 단위로 풍문혈과 기해혈에 장침을 하나씩 더 보태주었다. 풍문혈은 치유 능력을 위한 '비타민'이었고 기해혈은 기를 더해주는 '무기질'로 사용했다.

따르릉!

타이머가 끝나자 침을 뽑았다.

"손 들어보세요."

윤도가 말했다. 남자가 얌전히 손을 들었다. 떨리지 않았다. 두 손을 다 들어도 마찬가지였다.

"됐습니다. 이제 일어나세요."

윤도의 지시를 받은 환자가 일어섰다. 가뜬해 보였다.

"이야, 제가 술상무 15년 만에 이렇게 맑은 머리는 처음입니다. 저 이 머리로 공부하면 서울대 가도 되겠는데요?"

환자가 너스레를 떨었다. 그만큼 가뜬하다는 것이니 윤도의 기분도 좋았다.

"서울대 가는 침은 따로 있습니다."

윤도가 웃었다. 환자는 떨리지 않는 손이 기특한지 몇 번이고 조물락거렸다.

"저분 이제 술 좀 줄일까요?"

환자가 나가자 연재가 윤도에게 물었다.

"배 샘 생각에는 어떨 것 같아?"

"그래도 똑같이 마실 거 같아요. 저도 그렇거든요."

연재 말에 윤도는 어깨를 으쓱할 뿐이었다. 사람은 때로 교만하다. 동시에 어리석기도 하다. 술 마시기 전에 숙취 방지제를 마시고, 술 마신 후에 술 깨는 약을 마신다. 술을 마시지 않으면 그런 고생하지 않아도 됨에도 술을 마신다.

앞의 말처럼 술은 백약의 으뜸이라고 나온다. 그렇게 좋은 걸 마시지 말라고 할 수도 없다. 하지만 다른 의미도 알아야 한다. 술은 만병의 원인이다. 허얼, 백약의 으뜸이자 만병의 원인. 어느 장단에 춤을 춰야 할까? 이 답은 이미 사람들의 마음속에 있다.

광희한방병원에서의 워크샵이 열리는 날, 원장실을 나서려다 장식장에 시선이 닿았다. 오래된 침통이 시선에 들어왔다.

달각!

윤도가 원장실 장식장을 열었다. 낡은 침통을 잡았다. 일침한의원에서 주웠던 침통이었다. 너무나 오래되어 마치 시간을 건너온 것 같은 질박함. 지난번 청와대행부터 왕진용으로 변한 침통…….

'중국 중의들이 많이 오는 워크샵이니…….'

어쩐지 질박한 침통. 윤도가 어리니 관록 보완이 될 것 같았다. 이번에도 침통은 일침한의원에서 득(得)한 이것으로 정했다.

"다녀오세요."

윤도가 입구의 문을 열자 정나현과 두 간호사가 배웅을 해주었다. 그때 낯익은 청년이 눈에 들어왔다.

"구대홍 씨?"

윤도가 시선을 들었다. 골종양으로 인연을 맺은 광희한방대학병원의 환자 구대홍이었다.

"충성!"

구대홍은 씩씩한 거수경례를 날려왔다. 그 뒤로 구대홍의 아버지 트럭이 들어섰다. 장작구이 통닭 냄새가 폴폴 풍겨왔다.

"어떻게 된 일이에요?"

"우선 이거부터 받으시죠."

구대홍이 꽃다발을 내밀었다.

"왜 주는지 알아야 받든지 하죠."

"소방관 근무 첫 월급 탔습니다. 오늘 비번이라 달려왔습니다!"

구대홍의 목소리는 우렁찼다.

구대홍.

그는 결국 특별 합격 처리되었다. 예정 선발 인원보다 한 명을 더 뽑은 것이다. 국민들 누구도 뭐라 하지 않았다. 그만한 자질이 있는 사람이었다.

"다리는요?"

"보시다시피 멀쩡합니다. 하지만 제 다리가 아닙니다."

"그럼 누구 다리죠?"

"선생님이 살려줬으니 선생님 다리고, 이제 소방관이 되었으니 나라의 다리입니다."

"......!"

그 한마디가 윤도의 가슴을 찌르고 들어왔다. 먹먹해져 버렸다.

"좋아요. 꽃은 고맙게 받죠."

윤도가 기꺼이 대답했다. 이런 꽃이라면 열 다발이라도 받아줄 용의가 있었다.

"그리고 선물도 드리고 싶습니다."

"선물은 필요 없는데요?"

"아닙니다. 아버지께서 꼭 드려야 한다고 합니다."

"아버지?"

윤도의 시선이 구대홍 뒤편의 트럭으로 향했다. 구대홍의 아버지 손에는 푸짐한 즉석 통닭 봉지가 들려 있었다. 노르스름 구워진 바비큐가 무려 10마리였다.

"아들이 첫 월급 나오기 무섭게 선생님 말을 하더군요. 자식 돌보지 못한 죄는 부모에게 있으니 그 돈은 통장에 집어넣으라고 했습니다. 선물은 제가 마련하겠다고……."

"……"

"제가 할 줄 아는 게 이거밖에 더 있습니까? 해서 최고의 정성으로 구웠습니다."

통닭에서 고소함이 등천을 했다. 윤도에게 주려고 여기까지 와서 화로에서 꺼낸 통닭. 돈으로 치면 5만 원도 안 될 테지만 정성은 돈으로 평가할 수 없었다.

받지 않을 도리가 없었다.

"고맙습니다. 지상 최고의 통닭 바비큐가 되겠네요."

통닭을 받아 든 윤도가 인사를 전했다.

"통닭 생각나시면 언제든 전화만 하세요. 선생님은 평생 무료입니다. 덕분에 저희도 광희한방대학병원에서 평생 무료 진료를 받게 되었지 않습니까?"

"……."

"선생님."

구대홍이 대화에 끼어들었다.

"제가 이쪽 소방서로 발령받았거든요. 혹시라도 화재 위험 같은 문제가 있으면 언제든 연락하십시오. 제가 다 해결해 드리겠습니다."

"그러죠."

"그럼 이만 가보겠습니다."

구대홍이 다시 경례를 붙여왔다. 윤도는 공보의 때도 어색했던 거수경례로 인사를 받았다. 장작구이 통닭 차량은 고소한 냄새를 흘리며 멀어졌다.

뜻이 있어 마침내 이루다. 그 단어가 떠올랐다. 그 단어에 딱 들어맞는 구대홍이었다.

통닭은 정나현에게 건네주었다. 직원이 여섯이니 대략 처리가 될 일이었다.

하지만!

진경태가 그냥 넘어가지 않았다. 기어이 닭다리 하나를 찢어와 윤도 입에 물렸다.

"보아하니 원장님 먹으라고 가져온 건데 우리가 다 먹으면 도리가 아니죠. 잘 다녀오세요."

진경태가 손을 흔들었다.

그때 뒤에서 경적 소리가 들렸다.

빵빵!

돌아보니 건너편 한의원 원장 탁상명이었다.

"채 원장님, 오늘 광희한방 워크샵 주제 발표 가시죠?"

탁상명이 자가용에서 물었다.

"예."

"저도 공부 좀 하러 참가합니다. 같이 가시죠?"

"그러죠, 뭐."

"제가 앞서갑니다. 따라오세요."

탁상명이 먼저 도로에 올라섰다. 윤도는 내려두었던 닭다리를 문 채 뒤를 따랐다. 닭다리 맛은 기가 막혔다. 기름이 쪽 빠져 담백하기 그지없는 맛. 윤도의 세로토닌이 콸콸 솟아나왔다. 그리고 이날, 윤도의 기이한 인연도 콸콸 솟았다.

"채 선생님!"

"채 선생!"

광희한방대학병원에 도착하자 난리가 났다. 안미란을 필두로 마혁과 송재균 등이 달려 나와주었다. 친분이 있던 간호사 몇도 인사를 빼먹지 않았다.

"여기서도 인기가 굉장하시군요. 저 먼저 워크샵 장소에 들어가 있겠습니다."

분위기를 본 탁상명이 알아서 자리를 피했다.

"요즘 상종가던데 한의원은 어때?"

송재균이 다가와 물었다.

"덕분에 잘됩니다."

"선생님, 저 다음 주에 연수 좀 가도 돼요? 이틀 휴가 받았
는데……."

안미란은 옆에 찰싹 붙어서 떨어지지 않았다.

"휴가면 쉬어야죠? 인턴 생활도 녹록치 않은데."

"어? 그 말 누가 들으면 내가 무지하게 굴려먹는 줄 알겠
네?"

송재균이 조크로 방어를 했다.

"저는 괜찮아요. 선생님이 허락하면 바로 달려갑니다."

"편한 대로 하세요. 저야 뭐 안 선생님 오시면 일도 시켜먹
고 좋지요. 각오하고 오세요."

윤도는 반승낙으로 넘어갔다.

"이어, 채 원장."

복도 끝에서 길상구 부원장이 다가왔다. 다른 과장들도 셋
이나 있었다. 조수황은 러시아 침술 전수차 출국한 관계로 보
이지 않았다.

"안녕들 하셨어요?"

"우리 한의의 보물이 어려운 걸음해 주셔서 정말 고맙네."

부원장이 반색을 했다.

"깜냥도 못 되는 게 주제넘게 발표자로 나서서 망신이나 사는 거 아닌지 모르겠습니다."

"그런 말 마시게. 채 원장 침술이야 이미 공인된 마당에… 이번 발표 주제가 치매혈이라고?"

"예… 아는 게 많지 않아서……."

"기대가 크네. 가세나."

부원장이 길을 가리켰다. 윤도는 그들을 따라 복도를 걸었다.

'엇!'

접수장 앞에서 윤도는 또 한 번 뒤집어졌다. 거기 서 있는 두 사람 때문이었다. 중국 명의순례에서 만났던 율리안과 맥과이어였다.

"헤이, 율리안!"

특별히 율리안과 더 친했던 윤도, 반가이 다가가 악수를 나눴다. 둘의 언어는 영어였다. 윤도는 영어도 어느 정도 가능한 상태였다.

"여기 웬일입니까?"

윤도가 물었다.

"워크샵에 참석차 왔습니다. 중국 쪽에서 굉장한 침술가들이 온다고 해서… 닥터 채는요?"

"아, 저도……."

윤도가 얼버무렸다. 헤이싼시호 이후에 엄청난 각성을 한 윤도였다. 하지만 그걸 모르는 율리안이니 대충 넘기는 게 좋을 것 같았다. 옆에 있는 맥과이어와도 힘찬 악수를 했다. 맥과이어 뒤로 한 남자가 얼굴을 들이밀었다. 베이징대학을 나온 왕민얼이었다. 바로 중국에서 윤도와 혈자리 승부를 겨룬 그 재원……

"반갑습니다."

왕민얼이 손을 내밀었다. 하지만 다소 거만이 담긴 손길이었다. 진행표를 받아들고 이유를 알았다. 왕민얼이 발표자 명단에 포함되어 있었다. 진행표를 훑어본 왕민얼, 거기 박힌 윤도의 이름을 보더니 풋, 실소를 터뜨렸다.

"채 선생이 한국 대표 발표자?"

묻는 목소리도 착하지 않았다.

"아, 예……."

"한국 발표자는 이창수 선생이라고 알고 있는데?"

"그분이 갑자기 사고를 당하는 통에 대타로……."

"허!"

왕민얼의 입에서 짧은 숨이 나왔다. 어이상실한 표정이었다.

"진짜 닥터 채가 한국 측 대표로 발표하는 겁니까?"

율리안 역시 난해한 표정을 지었다. 중국과 일본의 시침 발표자들은 쟁쟁한 침과 뜸의 달인들. 특히 장지커가 그랬다.

그는 상해중의학대학의 거두. 상해와 소주, 베이징 일대를 통틀어 최고의 침술가로 칭송받는 사람이었다.

일본의 경우도 굉장한 스펙의 소유자가 왔다. 하지만 한국의 발표자 채윤도. 다른 발표자들에게 비해 스펙이 헐렁했다. 게다가 서른 미만의 나이였다.

장지커.

마침내 그가 모습을 드러냈다. 백발이 성성한 그는 포스부터 달랐다. 무심한 듯 안으로 깊은 눈은 사람을 빨아들이는 힘이 있었다. 그 옆의 중국 중의들 또한 면면이 굉장한 실력자들이었다. 장지커를 영접해 온 건 장 박사와 한의사협회 회장이었다. 정부 측 관계자들과 함께 그들이 입장했다. 워크샵의 시작이었다.

국제침구협회 회장이자 워크샵의 대회장을 맡은 한의사협회 회장이 개회 인사를 했다. 윤도는 의제 발표자로서 앞줄에 앉았다.

"채 선생님 말이에요."

대회장의 뒤쪽 좌석에 앉은 안미란이 송재균과 마혁에게 운을 떼었다.

"제일 반짝거리지 않아요?"

"채 선생 침술이야 반론의 여지가 없지. 하지만 중의들에게는 밀릴지도 몰라. 특히 저 장지커 박사……."

마혁의 반응은 신중했다.

"저는 채 선생님 침술이 최고라고 봐요. 화타나 편작이 오지 않는 한……."

"어차피 우리는 배우는 입장이니까 지켜보자고. 우리도 언젠가 저 자리 한번 서야지."

송재균의 눈이 반짝거렸다.

몇 편의 논문이 먼저 발표되었다. 워크샵 언어는 영어였다. 개중에는 권위 있는 과학지에 실린 것도 있었다. 윤도는 외상후 증후군에 대한 한약 처방안과 알코올중독을 치료하는 혈자리와 호르몬의 관계가 흥미로웠다.

논제 발표자는 한국의 공광태였다. 대한민국 10대 침술 한의사에도 꼽히는 인물. 그는 공부하는 한의사로도 유명했는데 그런 성향답게 외상후 증후군이라는 표제를 들고 나와 관심을 끌었다.

한의학에서는 외상후 증후군을 '탈영실정(脫營失精)'이라는 의미로 포용한다. 동의보감에 이르기를 탈영은 고관대작으로 살다가 대역죄나 가문의 몰락으로 천민이 됨으로써 생기는 병을 이른다. 거부로 살다가 갑자기 비렁뱅이 거지가 되면서 생기는 병은 '실정'이라고 한다.

둘 다 상실감과 함께 심리적 충격이 클 일이다. 여기에 경계(驚悸)와 정충(怔忡)의 관점을 더해진다. 경계는 분노, 불안, 수면장애, 공포 등으로 가슴이 두근거리는 현상이고 정충은 경계의 증상이 지속적으로 반복되는 걸 뜻한다.

공광태는 체질별 대응과 함께 사물안신탕, 교감단, 가미온 담탕, 청왕보심단 등을 기본으로 삼고 기가 막혔을 때는 향부 자, 담음으로 인하면 반하 등의 사안별 처방을 덧붙였다. 실제 로 샘플 탕약까지 들고 나와 시음도 가능하게 해주었다. 참가 자들의 반응이 좋았다.

알코올중독과 호르몬의 관계는 중국 측 참가자의 주제였 다. 알코올중독 환자는 윤도도 경험했던 일. 하지만 이 연제 의 포인트는 금단현상의 관리 차원에서 침술과 호르몬의 상 관관계를 연결하여 눈길을 끌었다.

그 역시 요혈로는 신문혈을 내세웠다. 신문혈에 자침한 이 후 코르티코스테론, 노르에피네프린, 도파민 등의 변화에 연계 한 내용이었다. 신문혈에 자침하면 이들 신경내분비계 물질의 변화로 인해 불안장애가 감소한다. 침으로 불안 증상을 해소 하는 게 단순한 근육 자극이나 안정이 아니라 호르몬의 분비 에까지 영향을 미친다는 깊이를 갖춘 내용이었다.

짝짝짝!

뜨거운 박수와 함께 연제 발표가 끝났다.

"이창수 선생은 어디에 있습니까?"

잠시 휴식 시간이 되자 장지커가 한의 회장을 돌아보며 물 었다. 그는 이창수와 안면이 있는 모양이었다. 그런데 발표자 의 한 사람인 그가 보이지 않자 질문을 던진 것이다.

"죄송하지만 이창수 선생은 오늘 참가하지 못합니다."

"못 한다고요? 지난번에 보내준 참가자 명단에서 분명 보았는데?"

"그게… 2주 전에 교통사고를 당해서……."

"저런, 그럼 오늘 한국 측 발표자는 누가 나오는 겁니까?"

"여기 채윤도 선생입니다."

회장이 장 박사 옆에 앉은 윤도를 가리켰다 .

"……!"

거기서 장지커의 눈빛이 출렁거렸다. 그제야 사실을 알게 된 것이다. 뒤편의 왕민얼 표정도 함께 일그러졌다. 그는 조금 전에 사실을 알았지만 차마 전하지 못하고 있었다.

"저 사람이 이창수 선생 대신이란 말입니까?"

"예. 나이 어리지만 혜성처럼 등장한 침술의 명인입니다."

"회장님!"

장지커의 목소리에 힘이 들어갔다. 불쾌한 표정이 역력했다.

"급작스러운 사고라 중국 측에 일일이 설명하지 못했습니다. 하지만 채 선생의 실력이 출중하니 기대를 하셔도 좋을 듯합니다."

"말도 안 되는 소리. 그럼 날더러 저 새파란 신인 한의와 같은 자리에 서란 말이오?"

"박사님, 여기 채윤도 선생은 우리 한국 한의의 희망봉입니다. 지켜보시면 결코 실망하지 않을 겁니다."

이제 장 박사까지 나서서 장지커를 달랬다.

"있을 수 없는 일이오. 그렇다면 나도 내 제자로 발표자를 대체하겠소."

"……!"

폭탄선언이 나왔다. 내외신 기자에 더불어 많은 관련자들이 참석한 워크샵. 그들이 장지커에게 거는 기대는 대단했다. 그런데 장지커가 발표자로 나서지 않는다면?

"문제가 된다면 제가 발표를 포기하겠습니다. 그러면 되겠습니까?"

상황을 직시한 윤도가 의견을 개진했다.

"채 선생이라고 했소? 당신에게 감정이 있어서 이러는 것이 아니고 주최 측의 실례를 짚는 것이오. 본래 우리 침술 워크샵은 각국의 침술 체급에 맞춰 발표자를 선정하는 게 관례였다오. 이번에도 당연히 그러려니 했거늘 이리하다니……."

"말씀드리지 않았습니까? 이창수 선생께서 갑자기 교통사고를… 해서 저희가 부랴부랴 대타를 알아본 결과 여기 채 선생 침술이 신의에 버금가기에……."

"그렇다면 왜 처음부터 채 선생을 내세우지 않았소?"

"……!"

회장의 설명이 장지커에게 막혔다. 사안만 보면 그가 노여워하는 게 맞았다. 주최 측의 배려가 부족했으니 기분 나쁠 수 있는 일이었다. 하지만 주최 측 역시 생각이 있었다. 이런 상황을 미리 설명하면 콧대 높은 장지커가 불참할 게 뻔했다. 그렇게 되면 워크샵의 유명무실해질 일. 그렇기에 현장에서 설명을 하려던 게 의도와 어긋나고 있었다.

"박사님, 부디 해량을 하시고……."

"이건 경우가 아니외다. 우리 중국도 한국 측 발표자의 수준에 맞춰 젊은 신예로 교체하겠습니다. 이거야 원, 혹 기도환의 수제자나 된다면 또 모를까."

기도환!

그 말에 윤도의 귀가 반응을 했다.

"박사님께서 기도환을 아십니까?"

윤도가 물었다.

"젊은이야말로 한국 근대 침술의 거목 기도환 선생을 아신단 말인가?"

"아는 것은 아니지만……."

"이름은 들어본 모양이군. 그분은 내 스승이시라네."

내 스승.

장지커의 발음은 또렷했다.

"……?"

윤도가 휘청 흔들렸다. 기인 침술 명인 기도환. 그는 한국인이다. 광복과 한국 동란 이후 부산에서 침술을 행한 후로 행방이 묘연해지기는 했다. 그렇지만 어떻게 중국인과?

"그분의 노년기에 항주에서 만났지. 그분은 평생 딱 두 명의 제자를 가르쳤는데 한국에서 한 명, 그리고 중국에서 한 명이었소. 중국의 한 명이 바로 나라오."

장지커가 침통을 빼 들었다. 순간 윤도의 정신줄이 우르르 더 흔들렸다.

"그 침통……."

오죽하면 발음도 새었다.

장지커의 질박한 침통.

눈에 익었다. 아니 윤도에게도 있었다. 윤도도 자신의 침통을 꺼내 들었다. 장지커의 것과 똑같았다.

"이, 이럴 수가?"

윤도의 침통을 본 장지커도 휘청 흔들렸다. 스승에게 물려 받은 침통. 아니, 사실은 거의 떼를 써서 얻은 것이었다. 침통은 스승이 직접 만들었다. 그렇기에 척 봐도 알 수 있었다. 그런데, 그런데 그걸 윤도가 가지고 있다니… 자신의 것과 똑같다니…….

장지커가 윤도의 침통을 열었다. 안팎을 살폈다. 밑바닥에 스승의 사인이 있었다.

ㄱㄷㅎ.

한글 이니셜을 세로로 배열한 사인. 오래되어 빛이 바랬지만 자신의 것과 다르지 않았다. 아니, 어쩌면 자신의 침통보다 더 오래되어 보였다.

"당신, 이걸 어디서 어떻게?"

묻는 장지커의 목소리가 떨렸다.

"제 한의원 터에서 발견했습니다만……"

"당신 한의원 터?"

"종로 끝에 있습니다. 일침한의원이라고……"

"일침한의원?"

그 말을 들은 장지커가 주저앉아 버렸다.

"박사님!"

놀란 중국 측 참가자들이 몰려들었다. 장지커는 이내 정신을 차리고 주변을 물렸다. 그리고 질문을 계속 쏟아냈다.

"일침한의원이 아직도 있단 말이오? 스승이 떠났으니 없어진 것으로 아는데?"

"한의원 문을 닫았던 건 맞습니다. 출판사가 사무실로 쓰고 있었는데 제가 매입해서 원래대로 한의원으로 쓰고 있습니다."

윤도가 한의원 앞에서 찍은 사진을 보여주었다.

일침한의원.

빛바랜 휘호가 선명했다.

"이거……"

놀란 장지커가 자기 핸드폰을 열었다. 사진들을 펼치자 놀라운 컷 하나가 나왔다.

일침한의원.

윤도가 쓰는 그 현판이었다. 그 현판 앞에 한 사람이 서 있었다. 깡마른 몸매에 별처럼 단정한 눈, 기도환이었다. 그가 기도환이라는 건 한국의 원로 한의사가 인증해 주었다.

"기도환이 맞습니다."

순간 대회장이 통째로 술렁거렸다.

기인 한의사 기도환.

해방 전후 고작 30대의 나이로 허임에 버금가는 명침으로 이름을 날린 사람.

근대 한국 침술의 전설이자 최고봉.

비기(秘記) 침법 창안자.

해방 이후, 한국전쟁 이후, 나아가 60년대 격랑의 소용돌이 이후에 자취를 감춘 그의 종적이 뜻밖의 장소에서 밝혀지는 순간이었다.

6. 거목은 서로 통한다!

"인연이군."

장지커의 목소리에서 각이 확 무너졌다.

"내 스승의 제자는 아니다……."

"……."

"그런데 스승의 본산을 차지하고 스승의 침통까지도 가지고 있다……."

혼자 몇 마디를 중얼거린 장지커, 결단을 내린 듯 한의 회장에게 선포를 했다.

"기이한 인연이니 그대로 시작합시다."

그 한마디에 워크샵 실내에 활기가 돌았다.

장지커가 먼저 발표자로 나섰다. 그 발표 보조 중의로 나온 게 왕민얼이었다. 당대 최고 침술가의 하나인 장지커. 그러니까 왕민얼은 그의 최측근이자 제자가 되었다고 봐도 과언이 아니었다. 목에 힘을 줄 만한 일이었다.

소소한 시침 시범은 왕민얼이 맡았다. 많은 시간이 흐른 건 아니지만 그도 장족의 발전을 한 것으로 보였다.

침술의 주제는 심허(心虛)에 의한 공황장애였다.

심허는 심장의 음양, 기혈 부족으로 야기되는 여러 질환을 말한다. 가슴이 두근거리고 아프며 불안해 잘 놀라며 식은땀이 나기도 한다. 심허는 공황장애의 기본적이고 직접적인 원인이 되기도 한다. 심허는 간이나 신장에서 비롯되기도 한다.

시침 사례는 40대 중반의 티벳 거주 여성이었다. 중국에서도 내로라하는 직장에 다니던 그녀, 아버지가 당 고위직이라 집안도 좋았다. 원인은 티벳 탄압에 항의하는 스님의 분신 장면이었다. 흐린 날이었다. 은행에서 볼일을 보고 나와 광장에 들어섰을 때였다. 몇 미터 옆에서 스님이 분신을 했다. 두 눈으로 똑똑히 보고 말았다.

이후로 머리가 무겁고 배가 더부룩했다. 누군가 자신을 미행하는 것 같고 직장에서도 감시를 받는 것 같았다. 불안감 때문에 직장도 그만두었다. 이후 우울증이 겹치며 자살까지 시도했다. 잠만 자면 악몽을 꾸었다. 스님 옆에서 함께 불타는 꿈이 수십 번이나 지속되었다.

정신병 치료에 우울증 치료를 받았지만 호전되지 않았다. 그러다 아버지 지인의 소개로 장지커를 찾아왔다. 장지커는 심허로 판단했다. 심허면 폐실(肺實)이어야 했지만 특이하게도 폐허(肺虛)였다.

설명에 이어 화면에 진단 화면이 떴다.

치료가 시작되었다. 장지커의 침은 기본부터 지켰다.

곡지혈이 우선이었다.

이는 허약으로 인한 실신을 막으려는 기본 조치였다. 명의의 명침은 기본부터 출발한다. 신의 손가락을 쓰는 윤도이기에 곡지혈 우선 원칙을 생략할 때가 많지만 머리에 잘 새겼다.

다음으로 백회혈을 잡았다. 백회혈은 인체의 모든 혈의 조정자로 불린다. 만백(百)을 모은다고(會) 해서 백회(百會)혈이다. 이어진 혈자리는 대저와 폐수, 심수와 격수혈이었다. 마무리로는 중완, 중부, 거궐과 기해, 태계혈을 꿰었다.

발표에는 영상이 뒤따랐다. 영상의 일부는 왕민얼이 찍었다. 침구실의 장지커는 신선처럼 보였다. 그는 몰입했고 집중했다. 그러나 시침만은 부드러웠다. 새털처럼 어루만지되 소리 없이 들어가는 경지가 거기 있었다.

영상에서 시침이 될 때마다 왕민얼의 손이 인체모형 마네킹에 시연을 했다. 무엇도 표시되지 않은 모형이지만 왕민얼의 손은 틀리지 않았다.

"첫날부터 굉장히 편안하게 잤어요. 왜 진작 침을 맞지 않았나 후회가 들더라고요."

모델이 된 환자의 인터뷰 장면이 나왔다. 결론적으로 이 환자는 이틀 만에 퇴원을 했다. 들어올 때와 달리 나갈 때는 환한 표정이었다.

두 번째 사례는 남자 환자였다. 20대 후반이었다. 병의 시작은 다르지만 다른 조건은 비슷했다. 다만 폐허가 아니라 폐실이었다. 취혈은 간으로 심허를 돕는 방법으로 변했다. 처방이 조금 달라지긴 했지만 전반적인 진행은 같았다. 이 남자는 아침에 병원에 들어와 오후에 나갔다.

탕제의 처방은 귀비탕과 유사했다. 구성 약재의 면면이 따뜻한 성질이었다. 인삼과 백복령, 백출과 감초를 베이스로 한 구성이었으니 사군자탕과도 유사했다.

마지막은 장지커의 시침 시범이었다. 광희한방병원에서 자원한 환자 둘이 보호자와 함께 나왔다. 왕민얼이 준비하고 장지커가 시침을 했다. 참관을 원하는 사람 10여 명을 무대에 세웠다. 율리안과 맥과이어에 이어 탁상명까지 뛰어나왔다. 물론 무대에서는 정숙이었다. 환자를 위한 배려였다.

임시 침구실은 투명 부스로 구분되었다. 밖의 참관자들이 볼 수 있지만 감염을 우려한 당연한 조치였다. 장지커가 침을 잡자 참관자들이 마른침을 넘겼다. 좌석의 참가자들도 숨을 죽였다. 장지커의 침술은 화면으로도 중계되고 있었다.

정말이지 그의 시침은 솜털을 다루는 느낌이었다. 군더더기가 하나도 없었다. 시침은 눈 깜짝할 사이에 끝났다.

발침을 하자 환자가 가뜬한 표정을 지었다.

"마음이 굉장히 편해요."

환자들이 한 목소리로 소리쳤다. 장지커는 그들과 함께 서서 기념 촬영을 했다. 뜻밖의 행운을 받은 환자들은 장지커에게 감사의 인사를 잊지 않았다.

짝짝짝!

장지커는 우레 같은 박수를 받으며 차례를 끝냈다.

"이야, 역시 침술은 중국이야."

자리로 돌아온 율리안은 감탄을 감추지 못했다.

"다음 발표자는 한국 대표 채윤도 선생입니다."

사회자가 영어로 윤도 차례를 알렸다. 윤도가 일어서자 안미란과 송재균도 함께 일어섰다. 둘은 손을 흔들며 윤도를 응원했다. 딱 그 둘인 건 아니었다. 문 쪽 통로에 간호사들도 있었고 전설로 남은 윤도의 이름을 기억하는 환자들도 몇 명 동참하고 있었다. 탁상명 역시 빠지지 않았다.

"닥터 채."

율리안과 맥과이어의 응원은 단순히, 형식적이었다. 당연한 일이었다. 그들은 아직 윤도를 몰랐다. 그저 대타 발표자쯤으로 알았던 것이다. 하지만 그 예상은 처음부터 깨졌다. 발표석에 선 윤도가 즉석 환자 침술로 가닥을 잡아버린 까닭이었다. 그러니까 이론적인 발표보다 실례를 보여주겠다는 것. 이번 워크샵 주제가 침술의 실연이었으니 이의를 달 일도 아니었다.

치료를 희망하는 치매 환자가 나왔다. 미리 선발된 80대 초반의 할머니였다. 그녀는 정신신경과 계통의 요양병원에 있던 환자였다. 최근 잠만 자는 경향이 있어 아들이 잠시 대학병원으로 옮겼다. 침 맞기가 소원인 어머니를 위해 광희한방병원을 찾은 것.

진맥부터 했다. 시침 직전 곡지혈을 바라보았다. 평소처럼 건너뛰었다. 부작용 방지를 위한 기본이지만 윤도와는 상관없는 혈이었다. 이제는 신들린 손가락이 알아서 대처하는 덕분이었다. 기본은 중요하다. 그렇다고 필요하지 않은 경우까지 행할 필요는 없었다. 축빈혈부터 시작했다. 할머니 또한 향정신성의약품이 찌꺼기가 오장육부에 가득한 까닭이었다.

오장육부 정화.

그게 우선이었다.

그런데……

여기서 참석자들이 우 하고 우려의 소리를 냈다. 혈자리 때문이었다. 윤도가 축빈혈 근처에서 해맨 것이다. 손으로 눌렀지만 혈자리가 아니었다. 주변 혈과 비교할 때 명백한 축빈혈자리. 하지만 할머니는 축빈혈이 없었다. 혈문이 막혀 폐쇄된 케이스였다.

"……!"

황당했다. 그렇다고 축빈혈의 역할을 포기할 수 없는 일. 별수 없이 호침으로 갈았다. 축빈혈의 흔적에서 서 푼 정도 멀리 찔렀다. 혈문의 반응이 오지 않았다. 다른 호침을 꺼내 서푼을 더 갔다. 그렇게 한 치 반을 가고서야 혈문을 대신할 만한 신호를 받았다.

인간의 몸은 신묘한 것이니 기능 하나가 죽으면 반드시, 그 기능을 대신하는 또 다른 무엇이 생기게 마련이다. 거기에 장침을 넣었다. 화면의 정보로 환자의 상태를 아는 한의사들, 탄성은 윤도가 실수를 한다고 생각한 까닭이었다.

그렇게 약독성을 밀어냈다. 마지막 남은 사기가 밀려 나갔을 때 오장의 모혈에 장침이 들어갔다. 가장 심혈을 기울인 것 간수의 기문혈이었다. 여기서 또 한 번 야유가 나왔다. 이번에도 혈자리 문제였다. 이유는 축빈혈과 같았다.

태생적으로 작은 혈자리 소유자였던 할머니. 노화에 더불어 찾아드는 병마로 인해 하나하나 퇴화해 버린 것이다. 기문혈 역시 축빈혈처럼 호침을 앞세워 혈자리가 될 만한 곳을 찾아냈다. 기문혈은 심수와 거궐혈을 지원할 회심의 혈자리. 그렇기에 약침을 듬뿍 묻혀 넣었다. 부드러운 침이기에 할머니는 침감을 느끼지 못하고 눈만 멀뚱거렸다.

기문혈에서 심수혈과 거궐혈에 기를 보태주었다. 바닥난 심장에 기의 게이지가 차오르기 시작했다. 여기서 전체 침감을 조절했다. 심장의 기와 조화를 이루는 것이다. 강력할 필요는 없었다. 할머니는 노령이고 인체 각부 기관은 노쇠했다. 그러니 병상 생활을 할 정도면 되었다.

심장의 불씨가 살아나자 막힌 구멍이 열리기 시작했다.

다음은 역시 삼초의 조절이었다.

'후우.'

기가 상초까지 오르자 호흡을 고른 윤도가 치매 정벌에 나섰다.

신문과 내관, 후계혈과 백회혈이었다. 신문혈과 내관혈도 원래 자리와 달랐다. 이 경우는 지나치게 달랐다. 이제는 야유도 나오지 않았다. 실내를 채운 건 우려와 웅성거림이었다. 중중 치매 환자를 두고 멋대로 폭주하는 시침.

'뭘 믿고 저러는 거야?'

'저러다 대형사고 나지.'

참석자들은 저만치 앞서가고 있었다.

그렇지 않은 눈빛은 몇 없었다. 그래도 안미란은 달랐다. 청중들의 야유 속에서도 안미란은 흔들리지 않았다. 혈자리 하나 못 찾을 윤도가 아니었다.

백회혈에는 약침을 썼다. 조율의 통제소 역시 백회혈에 차렸다. 거기서 365혈의 반응을 치매 박살에 세팅했다.

화아악!

혈자리를 따라 기의 흐름이 변하기 시작했다. 막힌 곳은 뚫리고 정체된 곳의 기가 움직이는 것이다.

"아흠!"

할머니가 하품을 했다. 그걸 신호로 눈빛에서 광기가 흐려졌다. 윤도의 시침은 성공이었다. 다시 한번 치매를 퇴치한 것이다. 화면이 할머니의 얼굴을 비췄다. 처음의 얼굴과 비교된 얼굴이었다. 참석자들은 다들 고개를 갸웃거렸다. 모로 가도 서울을 간 것인가?

"뭐야?"

"운 좋네?"

한의사들이 중얼거렸다.

짝짝짝!

박수도 어설프게 나왔다. 힘차게 울린 건 안미란과 송재균에 탁상명, 부원장과 장 박사 정도였다.

실내 분위기가 어수선한 가운데 또 하나의 이상이 생겼다. 이번에는 침이 빠지지 않는 것이다.

"……!"

윤도의 등골에 긴장감이 스쳐갔다. 침술을 하는 국가가 적다지만 어쨌든 국제 워크샵. 여기저기 카메라까지 돌아가는 마당에 절침의 실수가 나와서는 곤란했다. 손을 움직여 각 모혈의 침을 잡았다. 역시 뽑히지 않았다. 살과 함께 붙어 움직일 뿐이었다.

'근축혈, 양릉천혈……'

윤도의 머리가 바삐 돌았다. 서둘러 두 혈자리에 장침을 넣었다. 그제야 다른 침들이 빠지기 시작했다. 두 혈자리에서 근육을 이완시킨 덕분이었다. 할머니는 확실히 특이한 혈자리의 소유자가 분명했다.

'휴우.'

윤도가 비로소 숨을 골랐다.

"아범아, 예가 어디냐?"

정신이 맑아진 할머니가 보호자로 따라온 아들을 보며 어리둥절한 표정을 지었다. 평소에 듣던 쇳소리 섞인 치매 목소리가 아니었다. 눈동자 또한 치매 전의 그것이었다.

"큰 한방병원이에요. 저 한의사 선생님이 어머니 병을 고쳐주셨네요."

대답하는 아들의 목소리가 떨렸다. 장지커가 그랬듯 윤도도 환자와 기념 촬영을 했다. 무슨 일이 일어났는지도 잘 모르는 할머니는 윤도 손을 잡고 소박하게 웃었다.

이제는 윤도가 설명할 차례였다.

"상세 진단을 보시다시피 치매 환자였습니다. 신장과 비장의 기혈 부족으로 시작된 치매입니다. 그게 심장으로 이어져 발병했습니다. 본래의 치료는 신장과 비장의 원기를 북돋워야 했지만 시간상 실효적인 시침법으로써 간장의 기를 올리는 변법을 썼습니다. 간장의 기로써 심장을 도왔으니 이는 침술의 기본 원리 응용입니다."

윤도가 설명하는 사이에도 한의사들 엉덩이가 들썩거렸다. 버벅거린 혈자리 취혈법에 대해 입들이 근질거리는 모양이었다.

"여기서 핵심은 심장의 약한 기를 올리기 위해 오장육부의 조화를 바탕으로 했다는 겁니다. 그러기 위해서 오장의 요혈을 일제히 자침했습니다. 문제는 침감으로 오장의 기를 조절해야 하는 건데 이때 오행의 원리에 따라 취혈하면 큰 도움이 됩니다. 즉, 심장을 돕는 간수혈의 경우에는 정통 혈자리를 취하고 기타 장부의 요혈들은 오행에 따라 원혈에서 거리를 두어 자침하는 겁니다."

윤도가 화면을 가리켰다. '오장'의 요혈을 찌른 영상이 멈춰 있었다. 과연 윤도의 설명대로 장침은 오행의 원리에 따라 혈자리에서 가깝고 멀었다. 모든 한의사가 윤도처럼 신의 손가락을 가졌을 리 없으니 보편적인 침술에 따라 혈자리를 취한 윤도었다. 다만, 기문혈만은 혈문 폐쇄로 인해 예외가 되었다.

"나아가 단전과 삼초를 조절해 치매 치료의 양식으로 삼았습니다. 만약 처음부터 치매의 요혈로 불리는 신문, 내관, 백회혈 등에 자침을 했다면 이 치매는 더 악화되었을 가능성이 큽니다. 왜냐면 환자의 몸이 요혈의 기를 받아들일 수 없을 정도로 쇠약했기에 오히려 부작용이 될 소지가 많기 때문입니다. 이 시침의 요점은 오장육부의 기 조화를 먼저 이루어 치료의 제1처방으로 삼고, 단전과 삼초를 조절해 제2처방으로 삼으며, 이 1, 2처방을 바탕으로 치매혈을 공략했을 때 비로소 완치 가능성이 높아진다는 것입니다. 여기 사용한 약침은 치매에 기본으로 쓰는 약재의 엑기스를 바탕으로 구성하였으며 본 환자의 알츠하이머형 치매는 물론 혈관성 치매에도 유용하다는 것을 말씀드립니다."

윤도의 설명은 이쯤에서 마무리가 되었다.

"질문받습니다."

윤도 발언이 끝나자 진행자가 멘트를 날렸다. 많은 사람들이 다투어 손을 들었다. 진행자는 장지커 뒤에 앉은 왕민얼을 지목했다. 그의 궁금증은 역시 혈자리였다.

"발표자께서 짚은 혈자리는 어떤 혈이었습니까?"

—너 실수했지?

그와 다를 바 없는 돌직구가 날아왔다. 윤도가 실내를 돌아보았다. 모두가 숨을 죽였다. 그들이 원하는 질문을 왕민얼이 한 모양이었다.

"질문자께서 잠시 나와주시겠습니까?"

윤도가 왕민얼을 불러냈다. 그 역시 혈자리에는 일가견이 있는 중의. 긴 말보다 실제를 보여줄 생각이었다.

"이의를 제기하는 혈자리가 혹시 네 군데입니까?"

"……?"

윤도의 질문이 너무 송곳이었을까? 벼르고 나온 왕민얼이 주춤거렸다.

"네 군데 아닙니까?"

다시 확인에 들어가는 윤도.

"맞습니다만……."

"한번 직접 짚어보시죠. 보호자님, 허락해 주시겠습니까?"

윤도가 시침 박스 안의 보호자에게 동의를 구했다. 왕민얼이 들어가 할머니 옆에 섰다.

"제가 짚고자 했던 건 축빈, 기문, 내관, 그리고 신문입니다. 한번 짚어보시죠."

윤도가 권하자 왕민얼이 혈자리를 잡았다. 하지만 손끝에 전해오는 게 없었다.

"혈자리가 잡히나요?"

"……!"

당황한 왕민얼의 손이 바빠졌다. 그 손은 기본 혈자리의 한두 푼 위치에서 세밀한 스캔을 하며 혹시나 잡혀줄 혈자리 탐색에 여념이 없었다. 윤도는 지켜볼 뿐 관여하지 않았다.

'그럼?'

누렇게 뜬 얼굴이 된 왕민얼, 그제야 윤도가 취혈했던 곳으로 손이 이동했다.

첫 변칙 혈자리 축빈혈……

"……!"

왕민얼의 숨이 멈췄다.

두 번째 기문혈……

"쉿!"

미간이 구겨졌다.

세 번째 신문혈…….

"……!"

등골이 오싹해지고…….

네 번째 내관혈에서는 다리가 후들거렸다. 미세하디미세한 혈자리의 반응. 그건 변용 혈자리도 아니었다. 그야말로 윤도가 창조한 혈자리. 그렇게밖에 볼 수 없는 혈자리였다.

'이럴 수가……'

왕민얼은 후들거리는 다리를 감출 수 없었다. 혈자리의 창조는 그가 말로만 들은 오장직자침(五臟直刺鍼) 못지않은 경악이었다.

"어떻습니까?"

윤도가 물었다.

"……."

"닥터 왕."

"사실 나는……."

왕민얼이 겨우 입을 열었다.

"채 선생이 실수한 걸로 생각했습니다. 그런데 아닙니다. 막힌 혈자리에 유사 혈자리를 세운 시침입니다. 실로 4대 기혈 시침이나 8대 기혈 시침에 못지않은 명침이니 순간의 의심을 사과하며 존경의 마음을 전합니다."

왕민얼의 승복 선언이 나왔다. 그는 이 워크샵 최대 명의로 꼽히는 장지커의 수제자 역. 의문으로 가득하던 눈동자들은 단숨에 꺾였다. 그러자 일본 측 참가자이자 태극침법의 대가로 불리는 쇼우스케가 나왔다. 그도 혈자리 확인에 들어갔다. 그는 윤도를 향해 합장의 자세로 인증에 참가했다.

진짜 기립 박수가 터져 나왔다. 장지커가 먼저였다. 그조차 윤도를 인정한다는 뜻이었으니 대물은 대물끼리 통한 것이다.

짝짝짝!

짝짝짝!

박수는 오래도록 멈추지 않았다. 안미란이 그랬다. 율리안과 맥과이어, 탁상명이 그랬다. 자신들은 꿈도 못 꿀 것 같은 치매 환자 완치. 그걸 원샷으로 끝내 버린 윤도. 율리안의 시선 안에 비로소 경외감이 생겨났다. 더구나 그렇게 신묘한 혈자리를 짚어내는 능력이라니…….

채윤도.

그는 이미 명의순례에서 본 그 초짜 한의사가 아니었다.

7. 분리되지 않는 남녀 합궁

　윤도는 장 박사와 협회장, 부원장의 담소에 끼어 장지커를 만났다. 기인 침술명의 기도환에 대한 궁금증 때문이었다.

　"우리 스승님……."

　장지커가 회상을 더듬었다.

　"해탈한 신선 같았지. 숨 쉬는 것 외에는 오직 침술이었으니까."

　장지커는 찻잔을 든 채 기억을 이어갔다.

　"한 번은 식사 시간에 장침에 밥알을 끼우시길래 내가 왜 그러시냐고 물었더니… 대답을 않고 좁쌀까지 끼우시는 거 아니겠나? 나중에 알고 보니 먹거리가 인간의 음양과 기혈의 원천을 이루기에 그것들의 침감을 알려고 그러셨다고 하더군."

"……"

"결국에는 상지수와 지장수, 감로수, 약수도 떠다놓고 장침으로 찔러보시더군. 하루 종일 찌르시더니 그러셨네. 역시 상지수가 침발이 좋아. 찌르면 소리 없이 길을 내주거든."

"……"

"나중에 나도 흉내 내보았지만 깨닫지 못했지. 스승께서 곁에 계실 때 더 정진했어야 했는데……."

"돌아가신 겁니까?"

윤도가 물었다.

"워낙 떠돌기 좋아하는 분이라 항주에 수년 머물다 온주를 거쳐 복주로 떠나신 후로 연락이 끊겼네. 몇 사람을 말에 의하면 광둥성에 괴질이 돌았을 때 달려가 그들을 치료하다 거기서 생을 마감했다고……."

"그럼 혹시 한국의 제자에 대해서는?"

"차씨 성을 가졌다는 것 밖에는 모르네. 한국전쟁 때 한국의 부산 일대에서 인연을 맺은 모양이던데……."

'차씨…….'

"아무튼 채 선생과 내가 기연이군. 내 스승의 자취 속에 사는 사람이라니……."

"저도 박사님을 만나 영광이었습니다."

"다음에 중국에서 워크샵이 개최되면 한국 대표로 오시게.

내가 책임지고 초청자 명단에 넣도록 하겠네. 우리 왕 선생과도 아는 사이라니 더 기연 같군."

"그렇게 하겠습니다."

대답을 하고 복도로 나왔다. 율리안, 맥과이어와의 약속이 또 정해져 있었다.

"선생님, 저 진짜 연수받으러 갈 거예요. 잊으시면 안 돼요."

엘리베이터에 오르자 안미란이 복도에서 소리쳤다.

땡!

문이 닫혔다. 솔직히 안미란의 말은 잘 듣지 못했다. 윤도는 기도환의 낡은 침통을 보고 있었다. 어쩐지 마음을 끌던 침통. 이게 명침명의 기도환이 쓰던 침통이라니… 근현대 한국 침술의 전설 기도환의 침통이라니.

'차씨 성을 가진 기도환의 첫 제자… 부산…….'

다행이었다.

기도환의 신묘한 침술이 남은 것이다. 이 대한민국에.

1층 문이 열릴 때까지도 윤도는 온통 그 생각뿐이었다.

"깐베이!"

율리안이 중국어로 건배 제창을 했다. 윤도와 맥과이어가 소주잔을 들었다. 한국에 오면 소주에 삼겹살을 먹고 싶다던 둘이었다. 윤도가 그 거창(?)한 소원을 들어주었다. 셋의 언어는 영어였다.

"그나저나 닥터 채, 대체 어떻게 된 겁니까?"

율리안은 흥분해 있었다.

"침술 말인가요?"

"맞아요. 나랑 중국 명의순례를 갔던 그 닥터 채가 맞습니까?"

"맞죠. 내가 율리안을 헤이싼시호에서 살렸잖아요."

"그건 죽어도 잊지 않습니다. 하지만 그때 닥터 채는 솔직히 침술의 달인이 아니었잖습니까?"

"거기 다녀온 후에 침술에 조금씩 눈을 떴습니다."

"맙소사, 그럼 맥과이어와 나는요? 일본의 료마도 그렇지 못한 거 같던데……."

"료마와 연락하십니까?"

"그럼요. 이번에도 오고 싶어 했는데 다른 프로젝트에 참여하고 있어 오지 못했습니다."

"율리안도 머잖아 잘하게 될 겁니다."

"그런 뜻이 아닙니다. 장지커는 중국 10대, 아니 5대 침술가에도 꼽히는 대가입니다. 그 사람조차 닥터 채를 인정했어요. 더구나 아까 그 난해할 취혈은 정말이지……."

"운이 좋았지요."

"말도 안 돼요. 혈자리는 확신이 없으면 침을 놓지 못합니다. 자칫하면 환자의 목숨을 위태롭게 할 수도 있으니까요."

"……."

"닥터 채."

폭주하던 율리안의 목소리가 심각하게 내려갔다.

"왜요?"

"비법 공개하세요. 대체 뭘 어떻게 한 겁니까? 좋은 스승을 만난 겁니까? 아니면 중국 전설처럼 득도를 한 겁니까."

"비결은 이 손입니다."

윤도가 손을 들어보였다.

"손?"

"손의 감각을 섬세하게 다듬었더니 혈자리의 진리를 알게 되었습니다. 진맥도 마찬가지고요."

"지금 선문답을 듣자는 게 아닙니다."

"아무튼 드릴 말씀은 그것밖에……."

"좋아요. 그럼 다른 조건이 있습니다."

"뭐죠?"

"어차피 명의의 조건이라는 게 스스로의 깨우침이 아니면 알려줘도 이룰 수 없는 거죠. 그러니 실리적으로 나한테 침이나 한 방 놔주세요. 아까 그 실력의 침술이라면 내 두통도 잡을 수 있을 거 같아서……."

"두통이 있어요?"

"닥터 채에게 충격을 받아서 그런지 아까부터 머리가 아프네요. 진통제 스타일은 아니고……."

"그러자면 술을 그만 마셔야 할 텐데……."

"상관없습니다. 술보다 좋은 친구들 만났으니 차로 바꿔도 좋습니다."

율리안이 다가앉았다. 윤도가 즉석에서 장침 통을 열었다. 기도환의 유품이라는 침통은 괜한 신뢰감이 아른거렸다. 어쩐지 윤도 자신이 명의처럼 느껴졌다.

쏙.

장침은 그 자리에서 일침사혈로 들어갔다. 이마 위의 상성혈에서 신회를 지나 전정과 백회혈까지 도달한 것이다. 침감은 율리안에게 또렷하고 부드럽게 전달되었다.

"우어어!"

지켜보던 맥과이어가 소주잔을 떨어뜨렸다.

"왜요?"

율리안이 맥과이어에게 물었다.

"우어어!"

맥과이어가 핸드폰 사진을 찍어 율리안에게 인증을 시켰다.

"우어어, 일침사혈!"

율리안 역시 윤도의 침술에 놀라 몸서리를 쳤다. 단순히 일침사혈이라 놀란 게 아니었다. 그것들은 그 작은 혈자리의 축을 틀림없이 지나고 있었다.

"닥터 채. 나, 나도… 오늘 다리가 많이 부었거든요."

맥과이어도 다리를 걷고 나섰다.

"그러죠."

윤도는 사양하지 않았다. 이런 질환 정도는 이제 윤도에게 껌에 속했다. 이 침은 발뒤꿈치의 수천을 통해 조해와 연곡, 공손혈을 따라 일침오혈로 들어갔다.

"어버버버……."

맥과이어는 그 신기에 취해 깨어나지 못했다.

"어때요?"

발침을 한 후에 윤도가 물었다. 두 외국 한의는 대답을 안 했다. 귀신처럼 신묘한 시침에, 귀신처럼 감쪽같은 치료 효과…… 둘은 도무지 믿을 수가 없었다. 이날 윤도를 바라보는 율리안의 시선은 아주, 매우, 몹시 특별했다. 뭔가 깊은 의미를 담고 있는 게 틀림없었다.

좌아아!

집으로 돌아와 샤워를 했다. 몸이 개운했다. 메일을 여니 정나현의 보고서가 들어와 있었다. 일침한의원의 두 번째 결산이었다. 순익은 굉장했다. 그것들은 대개 탕제에서 나온 돈이었다. 첫달에도 그랬지만 두 번째 달에도 괄목할 흑자였다. 비용과 인건비, 적립금 등을 제하고도 억대의 이익금이 남았다.

그렇다고 해도 이 수입은 껌에 속했다. 정작 큰돈은 왕진과 신약 개발 계약 등의 큰 건에서 들어왔다. 그 돈들은 억대에 동그라미 하나를 더 붙여야 했다.

돈…….

윤도의 꿈처럼 차곡차곡 쌓였다. 그보다 더 중요한 명예와 침술에 대한 평가 역시 차곡차곡 쌓였다. 그래도 부용에 대한 배당은 오직 계약서대로 입금하도록 지시했다. 생각 같아서는 원외 수입에 대한 배당을 얹어주고 싶지만 계약은 계약이었다. 부용이 원하는 일이었다.

다른 메일은 강외제약 류수완 사장의 것이었다. 그는 지금 미국에 있었다. 윤도가 개발한 알레르기 비염과 아토피 피부염 신약 샘플에 대한 반응이 뜨겁다고 했다. 내친 김에 미국에 특허를 출원하고 아예 미국 시장에서 먼저 출시하는 것도 검토 중이라고 했다. 글로벌 제약회사의 합작 생산 제의도 받은 상태였다. 류수완은 최적의 조건을 타진하고 있었다. 신약에 빠간 그는 거의 올인하다시피 하고 있었다.

신약의 메이저 시장부터 장악!

생각만 해도 매력적이었다.

그 와중에도 새로운 제의는 그치지 않았다. 그는 역시 타고난 제약사 사장 같았다. 게다가 그 제의는 다소 엉뚱하기도 했다.

미용침!

출발은 그곳이었다. 전 세계 모든 여성들의 꿈은 무엇일까?

건강일까?

한의사라면 그렇게 생각하는 게 옳았다. 하지만 류수완의 생각은 달랐다. 온 세상 여성들의 꿈은 건강이 아니라 예뻐지는 거였다. 건강은 손에 쥐어져 있으니 그리 중요하게 생각하지 않았다. 손닿는 곳에 있는 건 늘 그런 취급을 받았다.

얼굴 미백.

주름 제거.

피부 탄력.

피부 보습.

그 무엇이든 하나만 건지면 초대박이었다. 류수완의 생각은 약용 화장품으로 달려가 있었다. 변방의 제약회사가 메이저급으로 발돋움하기에 그만한 아이템이 없다는 것이었다.

의기투합이 되었다.

길은 있었다. 산해경의 '순초'였다. 부용에게 처방했던, 얼굴 빛이 고와지는 영약. 부용은 그 약 하나로 단연 주목받는 얼굴로 변신을 했다. 성분에 대한 분석과 대용 약제의 탐색은 이미 진경태가 맡고 있었다.

신약에 대한 또 하나의 욕심은 치매 치료제였다. 거창하게 인류 복지를 팔 생각은 없었다. 하지만 평균수명이 확 늘어난 인간의 노년을 위해서는 암 극복이나 당뇨, 고혈압 약 못지않게 필요했다. 누구 하나 치매에 걸리면 가족의 행복이 작살날 수 있는 까닭이었다.

신비경을 꺼내 들었다. 산해경을 펼치고 중산경으로 갔다. 시원하게 흐르는 황하가 보였다. 청동오리처럼 생긴 오리 떼가 날았다. 보기에는 그냥 오리지만 영약이다. 먹으면 아이를 잘 낳을 수 있었다. 그 인근에서 순초를 보았다. 류수완의 제의가 아니더라도 쓸모가 널린 순초를 손에 넣었다.

'어머니에게도 한번 써야겠네.'

혼자 웃을 때 핸드폰이 울렸다. 시계는 이미 자정을 지난 시간. 발신자를 보니 율리안이었다.

'아직까지도 어디서 한잔하고 있는 건가?'

술을 그리 좋아하지 않는 율리안, 어쨌든 먼 나라에서 날아온 사람이니 전화를 받았다.

—헤이, 닥터 채!

율리안의 목소리가 벼락처럼 귀를 때렸다.

'사고?'

불안한 예감에 촉각을 세웠다.

—지금 어디입니까? 좀 도와줄 수 있습니까?

"무슨 일 생겼습니까?"

—설명이 곤란합니다. 미안하지만 아주 급한 일이니 시간을 좀 내주세요.

"지금 말입니까?"

—부탁합니다.

"……"

—닥터 채. 제발……

"알았어요. 지금 어디입니까?"

—한강변의 빅그랜드호텔입니다. 1109호예요. 로비에서 기다리고 있겠습니다."

"알았습니다."

—서둘러 주세요. 가능한 한 빨리 좀 부탁합니다.

한 번 더 강조한 율리안이 전화를 끊었다.

'뭐야? 누가 다치기라도 했나?'

옷을 챙기며 생각했다. 하지만 서울이다. 누군가 위급하면 병원으로 가면 될 일이었다. 그런데 윤도를 호출했다. 무슨 일일까?

바릉!

윤도의 흰색 스포츠카가 굉음을 울리며 출발했다. 위급 상황이니 속도를 올렸다. 늦은 밤이라 차가 많지 않았다. 스포츠카의 위력을 살짝 발휘했다.

"닥터 채."

호텔 입구에 들어서기 무섭게 율리안이 손을 흔들었다.

"무슨 일인데 그래요?"

"설명은 나중에 하고 빨리……"

율리안이 윤도를 재촉했다. 키를 도어맨에게 던져주고 로비로 뛰어들었다.

땡!

엘리베이터가 11층에 멈췄다.

"여깁니다."

그가 객실문을 열었다. 침대가 보였다. 남녀가 있었다. 담요를 덮은 둘은 불안에 찬 눈동자로 윤도를 바라보았다. 남자는 독일인, 여자는 한국인. 마약이라도 먹은 건지 푹 늘어졌다. 지친 기색이 역력했다.

"율리안!"

윤도가 돌아보았다. 남녀가 옷 벗고 침대에 누워 있는 모습. 호텔 안이니 흠이 될 것도 없었다. 이걸 보여주려고 그토록 호들갑을 떨었단 말인가? 윤도의 마음을 읽은 건지 율리안이 침대로 다가섰다. 그런 다음 굳은 표정으로 담요를, 천천히 벗겨냈다. 아주 천천히.

"……!"

담요 안의 풍경을 본 윤도가 얼어붙었다. 남녀 결합 자세였다. 음양이 하나를 이룬 남녀. 문제는 그 음양의 요철이 빠지지 않은 상태라는 거였다. 독일인 남자는 당혹스러워 보였다. 여자 역시 수치심의 절정 위에 위태롭게 서 있었다.

"문제가 이겁니다."

율리안이 침묵을 깼다.

"세 시간째랍니다. 아무리 떨어지려고 해도 떨어지지 않는답니다."

"……"

"오해하실 거 같아 말씀드리는데 이분은 제 사촌 형님입니다. 지금 현재 독일 정부의 재무담당관으로 일하고 있고 여자분은……."

율리안이 설명하는 동안 여자가 고개를 떨구었다. 척 봐도 콜걸은 아니었다. 율리안이 그녀의 정체를 밝혀주었다.

"한국 외교부에서 일하는 분입니다. 두 사람이 업무상 연락 관계에 있다가 서로 마음이 맞아서 교제를 하는 중이었고 법률이나 정서상의 문제는 없습니다. 형님은 이혼을 했고, 여자분은 아직 미혼이거든요."

"……."

"한국 정부와 협의할 일이 있어 저랑 같이 들어왔는데 이유야 어쨌든 이런 모습을 하고 구급차에 실려갈 수는 없는 노릇이라 연락을 해왔는데 내 실력으로는 해결이 안 되네요. 그래서……."

율리안은 허덕이고 있었다. 그 말은 맞았다. 이런 상태로 실려 가면 해외토픽이 될 판이었다.

〈독일 고위직 공무원, 한국 외교부 여사무관과 열애 중 합궁 분리 안 돼 응급실행〉

〈복상사 직전에 119에 구조되어 응급실에 실려 온 두 남녀, 알고 보니?〉

인터넷과 언론에 불이 날 일이었다. 한국 네티즌이라면 착하게도 신상까지 살짝 털어준다.

뎅, 데엥.

인생 종 치는 소리가 들릴 일이다.

허얼!

"……."

"닥터 채……."

상황을 파악하는 사이에 독일인 레오폴트가 윤도를 불렀다. 윤도가 그를 돌아보았다.

"부탁합니다. 당신 침술이 신묘하다는 말을 들었습니다."

"부탁해요."

여자도 한마디를 보탰다. 30대 초반의 그녀는 몸 둘 바를 몰라 했다.

"혹시 약 먹었어요?"

윤도가 레오폴트에게 물었다.

"……."

말이 없다.

먹었군.

쓰레기통을 보니 흥분제와 발기제 포장이 보였다. 하나가 아닌 것으로 보아 함께 먹은 모양이다. 눈이 맞은 동서양의 남녀, 작심하고 열차를 달렸다.

칙칙폭폭!

어느 정도 가면 역이 나와야 했는데 나오지 않았다. 쉬지 않고 달렸다. 약 때문이었다. 30분이 지나고 한 시간이 지났다. 남자가 먼저 이상을 느꼈다. 거시기의 힘은 빠지지 않았지만 피스톤 동작이 힘들었다. 알고 보니 아래의 여자가 같은 리듬으로 움직이고 있었다. 언젠가부터 남자의 '요'와 여자의 '철'이 단단히 고정되어 버린 것이다.

"……!"

그제서야 이상을 느끼고 빼보지만 '요'가 나오지 않았다. '철' 입장의 여자도 물 밖으로 나온 숭어처럼 히프 발광신공을 펼치지만 별수 없었다. 완전한 합체를 이룬 남녀는 도무지 분리가 되지 않았다. 한 시간이 흘렀다. 두 시간이 흘렀다. 그래도 빠지지 않았다. 결국 율리안에게 SOS를 치게 되었다.

"옷 좀……."

윤도가 율리안을 바라보았다. 옷을 받아 여자부터 걸치게 했다. 수치심에 몸을 웅크리면 근육이 수축된다. 그건 음양분리(?)에 득이 되지 않았다. 30대 초반이지만 나름 미모를 가진 여자. 몸매까지 나쁘지 않으니 벽안의 독일인 홀애비 가슴을 설레게 할 만도 했다.

"남자 쪽은 대략 이완이 되는데 여자분이……."

율리안의 설명이었다. 살펴보니 침 흔적이 있었다. 하지만 율리안은 큰 효과를 보지 못했다. 윤도가 장침을 뽑아 들었다.

복상사.

주로 알코올에 심취한 후에 여자라는 거산(巨山)의 향락봉에 오르다 발생한다. 주로 심장마비가 원인이다. 심장마비를 피한다고 해도 신장이 망가진다. 따라서 술을 많이 상태에서는 자제하는 게 좋다.

복상사에도 등급이 있다.

성매매를 하다가 당하는 복상사는 5등급 횡사.

원나잇을 즐기다 당하는 복상사는 4등급 객사.

돌싱과 관계 중에 당하는 복상사는 3등급 과로사.

애인과 즐기다 당하는 복상사는 2등급 안락사.

조강지처와 관계 중에 당하는 복상사는 1등급 순직.

이 이론(?)에 따르면 레오폴트는 안락사를 당할 뻔한 순간이었다. 남자의 독맥에서 근축혈을 잡고 다리 쪽으로 가서 양릉천혈에 장침을 넣었다. 약간 좁은 혈자리지만 크게 어렵지 않았다.

문제는 여자 쪽이었다. 홍콩을 넘나든 여자의 혈자리는 불규칙하게 널려 있었다. 양릉천은 넙치근 쪽에 가까웠고 근축혈은 위에 있는 지양혈 쪽이었다. 율리안의 침 흔적을 보니 텍스트에 충실했다. 아직 혈자리에 대한 응용력이 떨어진다는 뜻이었다.

여자의 혈자리를 찾아 장침이 들어갔다. 근축혈에서 사기(邪氣)를 내몰자 근 풀리는 느낌이 왔다.

사삭!

바짝 조여진 매듭이 늘어지는 것이다.

"이제 빼보세요."

윤도가 레오폴트에게 말했다. 그가 엉덩이를 들자 그제야 물건이 빠져나왔다. 크고 길었다. 물건은 그때까지도 큰 바나나에 못지않았다.

"후우."

한숨을 쉰 레오폴트가 물건을 가렸다. 그래도 그는 나름 신사였다. 몸이 분리되기 무섭게 여자의 옷부터 챙겼다.

"고맙습니다. 율리안이 동양 의학에 빠진 이유를 알겠군요."

레오폴트가 거의 자연상태로 인사를 전해왔다. 윤도가 그의 옷을 건네주었다. 아무리 인사라지만 물건이 덜렁거리는 모습은 아름답지 않았다.

"고맙습니다. 방금 든 생각인데 닥터 채가 바로 명의순례 30년의 기적을 받은 주인공 같네요."

율리안이 말했다.

"네?"

"명의순례 후에 의술을 각성하면 천하무적의 명의가 된다던 말 말입니다."

천하무적의 명의.

명의순례에서 들은 전설 같은 이야기였다.

"반갑지 않네요. 그거 되면 3년밖에 못 산다는 말도 있었지 않습니까?"

윤도가 웃었다.

"그 말은 입증되지 않는 말이니 신경 쓸 거 없죠. 아무튼 진짜 판타스틱입니다."

율리안이 엄지손가락을 세웠다. 우뚝 선 손가락처럼 경외감이 가득한 눈빛이었다.

부릉!

두 남녀를 곤궁의 위기에서 구한 윤도, 다시 차에 올랐다. 세 남녀가 나와 배웅을 해주었다. 망측한 체험을 한 밤이었다.

띠뽀띠뽀!

앞서 다리는 119 구급대 소리에 호텔을 뒤돌아보았다.

만약!

저들이 아까 앰뷸런스에 실려야 했다면?

푸훗!

생각만 해도 웃음이 나왔다.

8. 톱스타가 만난 병마―안면마비

다음 날 뉴스와 인터넷에 워크샵 소식이 실렸다. 윤도는 장지커, 쇼우스케 등과 함께 사진에 나왔다. 기사 중에는 기도환으로 비롯된 인연의 에피소드도 있었다. 거기에 윤도의 침통과 장지커의 침통이 나란히 실렸다. 두 침통은 마치 쌍둥이처럼 닮아 보였다.

"우리 원장님이 제일 멋지게 나왔네."

연재와 승주가 합창을 했다. 러시아에 있는 조수황에게서도 치하의 전화가 왔다. 어쩌면 그가 나갔어야 하는 자리. 하지만 그는 윤도를 믿었기에 좋을 결과가 있을 것을 예상했다고 했다.

"원장님."

연재가 윤도를 바라보았다.

"왜? 배 샘."

"오늘 오후 예약이 비었던데 당일 환자 몇 명 넣어도 될까요?"

"오늘 오후?"

윤도가 스케줄표를 보았다. 특별예약이 된 왕진이 있었다.

"아니야. 내가 따로 받은 예약이 있거든."

"알겠습니다."

연재는 밝은 표정으로 원장실을 나갔다.

외부 예약 환자.

그건 부용의 소개였다. 자세히 묻지는 않았지만 연예인 같았다. 정나현이 통화하고 상담 접수를 마친 상태였다.

그 전에 약간의 문제가 생겼다. 대기실에서 소란이 인 것이다. 주인공은 50대의 깡마른 노숙자였다. 광대뼈가 툭 불거진 그는 술까지 거나하게 취한 채 윤도를 만나겠다며 생떼를 썼다.

"사람 차별해?"

소란이 길어지자 진경태가 그를 제압했다. 산 사나이의 호연지기까지 갖춘 진경태는 완력도 보통이 아니었다. 하지만 이 막무가내의 노숙자, 발악을 하며 침 맞기를 원했다.

"그까짓 장침 한 방 가지고 유세냐? 진짜 의원이면 가난하고 헐벗은 사람을 먼저 구해야지. 소문난 명의면 나와서 내 간장에 침 한 방 꽂아보라고."

노숙자는 끌려 나가며 악을 썼다. 억양도 약간 낯선 편이었다.

"당신은 헐벗은 게 아니라 취했잖아? 정 침 맞고 싶으면 술이나 깨고 오시오."

진경태가 응수했다. 술을 마시고는 침을 맞지 않는다. 한약사로 한의원 짬밥이 쌓인 진경태가 모를 리 없는 일이었다.

"까고 있네. 아, 제대로 된 침쟁이라면 술 먹었다고 침 못 놔? 나 같으면 맞술을 마시면서 놓을 수 있겠다. 한 잔에 간장을 찌르고, 두 잔에 위장을 찌르고, 세 잔에 심장!"

노숙자는 발악을 하며 쫓겨났다.

"죄송합니다."

윤도가 나오자 정나현이 고개를 숙였다.

"내가 아니고 여기 오신 환자분들에게 미안해야죠."

윤도가 정정에 들어갔다. 대기 중에서 몇몇 환자들에게 정중한 사과를 올렸다. 한의원에서의 소동, 이유야 어쨌든 환자들에게 불편을 끼쳤을 일이었다.

그런데…….

"……?"

인사를 마치고 고개를 들던 윤도 눈에 뭔가가 들어왔다. 노숙자가 소란을 부리던 곳이었다. 거기 떨어진 걸 집어 든 윤도 눈에 지진이 일었다.

'억!'

비명도 나왔다. 때가 꼬질꼬질 낀 침통이었다. 어쩐지 낯이 익었다. 원장실로 가서 자신의 침통을 집어 들었다. 살짝 닮았다. 뚜껑을 열었다. 장침이 가득 들어 있었다. 최근에 사용한 건지 핏자국의 흔적도 있었다.

"……!"

침 하나를 꺼내본 윤도가 숨을 멈췄다. 장침이다. 하지만 특이했다. 특이할 정도로 가늘었으니 거의 명주실 한 오라기 같았다.

'나노 침?'

들어본 적도 없는 조어가 떠올랐다. 그 침갑에 둘둘 말린 종이가 있었다. 노란 고무줄로 감았다. 펼쳐보니 붓으로 직접 쓴 침술 내용이었다. 굉장히 오래된 한지였다.

五臟直刺鍼法.

한문을 쓰여진 건 오장직자침법이다. 다섯 장부에 직접 침을 찌른다는 뜻. 종이에는 실례의 그림까지 붙었다. 오장과 장침, 그리고 새털과 구름, 바람이었다.

오장육부와 장침, 그리고 새털…….

뭘 뜻하는 걸까? 난해한 조합이지만 생각 없이 그린 장난

같지는 않았다.

'노숙자가 침술가?'

이상한 마음에 윤도가 밖으로 나갔다. 도로 앞에서 진경태가 손을 털고 있을 뿐 노숙자는 보이지 않았다.

"이 사람 어디로 갔죠?"

윤도가 물었다.

"저기 지하철 쪽으로요. 왜요?"

"아, 아닙니다."

윤도가 뛰었다. 골목을 살피며 지하도까지 갔다. 노숙자는 보이지 않았다.

"원장님. 왜 그러세요?"

윤도가 돌아오자 진경태가 걱정 어린 표정이 되었다.

"아무것도 아닙니다."

"아무것도 아닌 게 아닌 거 같은데요?"

"실은… 아까 이 침통이 아까 그 노숙자 것 같아서요."

윤도가 주운 침통을 꺼내보였다.

"어, 원장님 침통이랑 비슷하네요?"

"예… 이런 것도……."

윤도가 의서의 한쪽을 보여주었다.

"하지만 한의사 각은 아니고 탈북자 출신 노숙자 같았는데… 어디서 훔친 걸까요?"

"하지만 이런 침법은 들은 적도, 본 적도 없거든요."

"그럼 그냥 무협지 보고 한 낙서일지도……."

대답하는 진경태도 자신이 없다. 낙서라기에는 너무 구체적이면서 진지했고 장침의 형태 또한 범상치 않았다.

"혹시 다음에 오면 나한테 보내주세요."

윤도의 눈은 여전히 지하도 쪽에 있었다.

혹시…….

혹시 기도환과 연결되는 사람일까?

일침한의원.

현판을 돌아보았다. 장지커가 보여준 사진이 겹쳐왔다. 기인 침술의 대가 기도환. 사실 궁금한 건 침통이나 침갑이 아니라 그의 침술이었다. 많은 침법들이 전설로 회자되기에 더욱 그랬다. 그는 결국 대륙으로 날아가 중국 침술의 명인 장지커를 키워냈다. 그러나 그에게 따로 남긴 게 없었다.

만약…….

기도환이 허임처럼 침술에 대한 비방을 남겼다면… 그건 전설이 아니라 실체이기에 윤도에게 큰 도움이 될 수 있었다.

클릭!

예약 환자 차트를 눌렀다. 진단명이 나왔다.

안면신경마비.

한방에서는 구안와사로도 불린다. 반은 맞는 말이다. 구안와사는 입과 눈이 한쪽으로 틀어지는 질환이다. 중풍 증상의 하나로 와사풍으로도 불린다. 안면마비의 한 부분이다.

그런데 구안와사는 정확한 발음이 아니다. 구안괘사가 정확한 발음이다. 문헌에는 구면괘사, 구안괘벽 등으로 나온다. 드라마와 중국 발음이 섞이다 보니 '괘사'가 '와사'로 전이되면서 고착되어 버렸다.

안면마비의 정의는 얼굴 표정과 근육, 눈물샘, 미각 등을 지배하는 안면신경, 즉 7번 뇌신경의 장애로 야기된다.

주로 세 가지로 분류하는 데 첫째가 중풍이다. 둘째는 벨마비라고 말초성 신경마비다. 대부분의 안면신경마비가 여기에 속한다. 세 번째는 말초성으로 대상포진으로 인한 헌트증후군이라는 안면마비가 있다. 벨마비에 비해 예후가 좋지 않은 편이다.

중추성마비와 말초성마비는 이마의 주름으로 구분하는 경우가 많다. 중추성안면마비는 이마에 주름이 잡히고 눈을 감아도 눈동자가 위로 가지 않는다. 이에 비해 말초성은 이마 주름이 없고 눈동자가 위로 올라간다. 말초성마비는 얼굴근육의 마비 외에 다른 부분의 마비가 없는 게 특징이다.

따라서 중추성마비는 교통사고나 뇌 질환 등으로 야기되며 팔다리의 반신불수를 수반하는 경우가 있다. 발음장애와 함께 미각, 청각에도 장애가 올 수 있다.

말초성안면마비는 벨마비와 람세이헌트증후군이 있다. 후

자는 대상포진 바이러스가 주원인으로 작용한다. 증상은 대부분 비슷하다. 입이 돌아가 음식을 흘리고 발음도 부정확하게 나올 수 있다. 눈물이 흐르거나 침이 나오기도 하고 이명이 수반되기도 한다. 혀의 미각도 다운되어 짠맛, 단맛, 쓴맛을 느끼기 어렵다. 다만 이마 주름이 펴져 있어 젊어 보인다는 아이러니도 있다.

안면마비가 괴로운 건 사회생활이 어렵다는 점이었다. 사람 만나는 걸 피하게 되니 고립되는 것이다. 저 유명한 안젤리나 졸리도 안면마비를 겪었다.

환자가 들어왔다. 여자였다. 마스크를 쓴 채였다. 걸음걸이조차 애달팠다. 기가 꽉 죽은 것이다.

"김성희 님?"

윤도가 물었다.

"네."

"안면마비로 예약하신 분이죠?"

"네……."

"얼마나 되셨어요?"

"……."

환자가 대답하지 않았다. 그렇다면 골든타임을 놓친 걸 알고 있다는 의미였다. 안면마비 치료에도 골든타임이 있다. 첫 일주일이 리얼 골든타임이다. 그다음은 한 달까지다. 안면마비는 초기 3달의 치료가 성패를 좌우한다고 해도 과언이 아니었다.

"치료에 참고하려고 하니까 처음부터 말씀해 보시겠어요?"

"그어니까……."

환자가 겨우 입을 열었다. 마스크 사이로 엿보이는 눈이 보통이 아니었다. 미녀라는 얘기였다. 하지만 발음은 어눌하게 나왔다.

"대가 돔 힘든 일이 댕겨서 2~3주 식음 던폐하고 누워 있던 때가 이떠떠요. 반년 던 뜸인데……. 온몸이 마비가 되는 거 같더나고요. 사는 게 귀타나 신경 뜨지 않았는데… 다디 기운을 타리고 보니 어굴이 이당해요. 그때부터 병원하고 하느원을 다녔는데……."

"……."

"치도가 잘 안 돼요. 고민하던 중에 우디 매니저가 이부용 대포 추턴을 받아 예약을……."

"……."

"여기… 비밀은 지켜두는 거죠?"

"그럼요."

"마스크 버들까요?"

"마음이 안정되면 천천히 벗으세요."

"버들게요. 어차피 치료는 별로 기대하지도 않지만……."

환자가 제 손으로 마스크를 벗었다.

"……!"

놀란 건 윤도였다. 여자는 유명한 초특급 여배우 김다경이었다. 그러니까 의료보험상의 이름인 김성희는 본명인 것 같았다.

얼굴은 제자리가 아니었다. 화장을 했지만 비대칭이 선명했다. 옆으로 살짝 돌아간 입술과 부정확한 발음… 치료를 했지만 골든타임을 놓치면서 후유증이 남았다. 그것도 심한 편이었다. 그러니까 연예인으로서 치명적인 선고를 받은 꼴이었다.

그제야 김다경의 뉴스가 떠올랐다. 이 여자, 몇 달 전에 이혼을 당했다. 남편의 배신이었다. 그 상대는 후배 연예인이었다. 그 충격으로 두문불출한다고 알려진 상황. 충격도 있지만 안면마비 때문에 활동을 중단한 모양이었다.

"안면마비가 올 때 전조증상 같은 게 있었나요? 예를 들면 극심한 무력감이나 귀가 아프거나… 혹은 얼굴이 떨리는 등의?"

"그때는 달 몰랐은데 디금 생각하니 있떠면 거 가타요. 피도감과 얼굴의 무감각……."

"그때 병원에 한번 가보셨으면 좋았을걸요……."

"……."

여자가 고개를 떨구었다. 대개는 무심코 지나가는 전조증상. 그러나 나중에 생각하면 후회막심이 되는 그 골든타임들.

"진맥 좀 하겠습니다."

윤도가 손을 내밀었다. 김다경은 힘없이 손을 내주었다. 맥은 그리 좋지 않았다. 오장육부에서 오는 정보가 거의 다 그랬다.

"머리가 아프고 목과 어깨도 아프죠? 입맛도 잘 모르는 상태고……."

"마자요."

"후유증이 생각보다 크게 남았네요."

"힘들겠죠? 알지만… 좋은 대본을 받고 보니 괜한 미련을……."

여자의 마음에는 삶에 대한 욕망이 없었다. 바닥이 난 것이다.

"이부용 대표는 뭐라고 해요?"

"우디 매니저가 들은 말로는 제대로 고쳐두실 거라고……."

"그럼 같이 힘써봐야죠."

"선생님……."

"김다경 님 안면마비는 간중풍에서 왔어요. 아마 극도의 분노가 반복되면서 순간적으로 기혈이 막혔던 거 같네요. 간의 문제는 기본적으로 비장과 신장에서 해결을 해야 해요. 하지만 대본 문제가 있다면 얼굴부터 돌려보죠. 그렇다고 해도 탕제로 비장과 신장의 기를 올려야만 근본 문제가 없어집니다. 화를 내는 것도 삼가야 하고요."

"……."

"두 가지 다 약속할 수 있겠습니까?"

"약똑할게요."

대답에 힘이 없다. 보기에도 딱할 지경이었다.

"그럼 우리 간호사 따라서 침구실로 가세요."

윤도가 문을 가리켰다.

딸깍!

침구실에서 침통을 열었다. 긴 탄력의 장침이 티잉 울림을 내며 나왔다. 윤도의 눈이 김다경의 혈자리를 가늠하기 시작했다. 환자의 혈자리. 머리 쪽 혈자리들이 살짝 밀린 감이 있지만 장침을 놓는 데 큰 문제는 없었다.

힐끔.

다시 환자를 보았다. 허공으로 올라간 그녀의 시선에는 지향이 없었다. 얼굴에 난 흉터들. 아마 자해를 했을지도 모른다. 그 옛날 아름답던 얼굴은 간 곳 없고 삐뚤어 기울어진 입술과 콧날. 화려했던 삶을 산 스타였기에 더 괴로울 수 있었다.

장침을 몇 개 넣었다. 외관혈과 양유맥혈이었다. 이 세트는 기경팔맥법에 따랐다. 원래는 혈이 열리는 시간이 따로 있다. 하지만 윤도의 손가락은 그걸 넘을 수 있었다.

두 혈은 눈초리, 뺨, 목과 어깨를 치료하는 혈자리였다. 준비운동으로써 주변 기혈을 풀어 안면마비를 공략해 나갈 의도였다.

하지만 반응이 오지 않았다. 환자 때문이었다. 완전한 체념으로 스스로를 버린 마음. 그렇기에 얼굴에서 자극을 받지 않았다.

"김다경 씨."

윤도가 벌떡 일어섰다.

"예?"

"틀렸습니다. 그 얼굴로 살 운명이네요."

윤도의 목소리는 뜻밖에도 매정했다. 그 말을 듣는 순간 환자가 눈을 감고 몸서리를 쳤다.

"괜찮아요. 어차피 각오한 일인 걸요."

눈물이 쏟아지기 시작했다. 그래도 윤도는 아무런 위로를 주지 않았다.

"내 인생… 이제 아무것도 기대 안 해요."

환자가 흐느꼈다.

"그래요. 실컷 울고 가세요. 어차피 틀린 얼굴입니다."

거기 기름을 붓는 윤도.

"어어어엉!"

환자는 10여 분을 울었다. 눈자위가 구겨지고 콧날이 벌렁거렸다. 뺨도 이리저리 구겨졌다. 그제야 윤도가 그녀에게 다가섰다. 다시 시침이었다.

"선생님?"

놀란 환자가 윤도를 바라보았다.

"계속 우세요. 희망이 없다는 건 거짓말입니다. 환자분이 너무 무기력하게 있으니까 굳어버린 얼굴에 침감이 가지 않았습니다. 그래서 일부러 얼굴근육을 쓰도록 자극한 것이니 원망은 마세요. 치료의 한 과정이었습니다."

"……?"

그 사이에 윤도의 침이 중완과 족삼리였다. 상초 쪽에 기를 보태기 위한 포석이었다. 아까와는 달리 침감이 잘 받았다.

"이제 그만 울어도 됩니다."

환자를 위로하며 본격 시침에 들어갔다. 윤도가 뽑은 장침은 모두 세 개였다. 양릉천에 한 방, 간수혈에 한 방, 그리고 근축혈에 한 방이었다. 모두 화침이었다. 수삼리도 생각했지만 통증이 크지 않아 제외했다. 지창혈 역시 일반적으로 침을 놓겠지만 빼놓았다. 많이 찔러서 안정되는 환자가 있고 원샷을 신뢰하는 환자가 따로 있으니 김다경은 후자에 속했다.

양릉천의 침에서 기를 감지했다. 침 끝을 세밀하게 움직여 보사를 조절하며 마비를 몰았다. 침감의 기세가 약했다. 손끝이 후끈 힘을 밀어보지만 불뚝 성질을 부린 마비는 쉽게 꼬리를 내리지 않았다.

'하긴 이 정도로 물러날 놈이라면 다른 한의원에서 끝장이 났겠지.'

이미 후유증으로 굳어버린 안면마비. 때도 찌들면 잘 안 빠지는 편인데 질병이 오죽할까? 윤도가 장침 하나를 더 꺼내 들었다. 이번에는 약침으로 들어갔다. 그 역시 안면신경마비에 많이 쓰이는 수구혈이었다. 입술 위의 혈자리를 차지하고 공세의 수위를 올렸다. 탄력을 받은 외관혈과 양유맥혈에 기가 실리는 감이 왔다.

한 번······.

"······?"

환자의 입술이 제자리로 돌아오다 다시 삐뚤었다. 이번에는 끌어 올렸던 기를 뚝 떨어뜨렸다. 입술은 더욱 삐뚤었다. 기를 올렸다. 원래 얼굴로 돌아왔다. 그 과정을 반복했다.

가고.

오고.

환자의 안면은 마비와 풀림을 반복하며 윤도의 침감대로 움직였다. 그 활성이 제대로 되었다고 생각할 때 윤도가 남은 침 끝을 다 밀어 넣었다. 다시 삐뚤어진 상태로 돌아가려고 꿈틀거리던 입술··· 제자리에서 완전히 고정이 되었다.

'빙고!'

윤도가 쾌재를 불렀다. 보기 불편하던 김다경의 얼굴은 어느새 매력 만점의 여배우로 돌아와 있었다.

"잘된 거 같습니다. 그대로 조금만 쉬세요."

시간을 세팅하고 옆 침구실로 옮겼다. 옆 환자는 60대로 중풍을 맞아 손이 펴지지 않는 상태였다. 팔이 당기면 소장수혈을 잡는 게 좋았다. 하지만 이 환자는 달랐다. 곡지혈에 장침을 넣으니 침감이 닿는 곳이 있었다. 극문혈과 심경 부근이었다. 본래의 혈자리는 아니지만 그 자리에 장침을 넣었다. 환자의 팔이 단숨에 펴졌다.

"아휴, 팔이 너무 편해."

환자는 아이처럼 좋아했다.

따르릉!

김다경 쪽의 타이머가 울었다. 윤도가 돌아가니 승주가 타이머를 치우고 있었다. 윤도가 거울을 내주었다.

"어머!"

거울을 본 김다경이 비명을 터뜨렸다. 거울 안에 든 건 저주스러운 안면마비가 아니라 그녀의 진짜 모습이었다. 만인의 사랑을 받던 아름다운 얼굴…….

"세상에……."

자기 얼굴이지만 이렇게 반가울 때가 없었다. 볼 때마다 저주와 한이 되었던 안면마비. 그리하여 스타의 길은커녕 자살까지 생각하게 되었던 그녀. 비로소 잊어버린 얼굴을 되찾는 순간이었다.

"고맙습니다, 선생님."

눈물범벅 김다경이 함박웃음을 지어 보이며 인사를 했다. 하지만 윤도의 시선은 출렁 흔들렸다.

"왜요? 뭐가 잘못되쩌요?"

되묻던 김다경이 손으로 입을 막았다. 입은 돌아왔지만 발음이 풀리지 않은 것이다.

"괜찮습니다. 별거 아니에요."

윤도가 그녀를 안심시켰다.

"다른 건 어때요? 두통하고 어깨 뻐근한 거, 얼굴 땡기는 거 등등……."

"괜탄은 거 가타요."

김다경이 대답했다.

"그럼 마지막 정리에 들어가 볼까요?"

윤도가 김다경의 등 뒤로 돌았다. 장침이 겨눈 건 유명한 아문혈이었다. 목덜미의 끝에 있어 자침을 꺼리거나 얕게 넣는 혈자리. 광희한방대학병원에서 수련의들의 의문을 단숨에 잠재웠던 그 아문혈. 마치 그날처럼 자연스럽게, 아문혈에 침이 들어갔다.

아문혈은 혀 신경이 나가는 자리. 혀가 굳은 사람에게 더없이 명혈이었으니 아문혈을 다룰 줄 아는 윤도가 걱정할 리 없었다.

따르릉!

다시 타이머가 울었다. 윤도가 김다경을 바라보았다. 다소 긴장한 그녀는 바로 말을 하지 않았다. 혀 운동부터 하는 것이다. 그리고 입안에 고인 침을 넘기고서야 비로소 입을 열었다.

"아아……."

"……."

"선생님."

"제 목소리 괜찮아요?"

"좀 길게 말해보세요."

"아아, 목소리가 좀 이상하게 들릴 거 같은데 듣기 괜찮나요?"

"한 번 더요."

윤도가 핸드폰의 녹음 앱을 눌렀다.

"괜찮은 거 같기도 한데… 아아, 저는 대한민국 여배우 김다경입니다. 여러분 만나서 반가워요."

톡!

윤도가 녹음 앱을 눌렀다. 김다경의 목소리가 그대로 나왔다.

─저는 대한민국 여배우 김다경입니다. 여러분 만나서 반가워요.

"어때요? 이게 원래 김다경 님 목소리 맞나요?"

"우와, 맞아요. 저 한 번만 더 들려주세요."

"그러죠 뭐."

윤도가 부탁에 응했다. 백 번이라도 틀어줄 용의가 있었다.

"선생님……."

모든 게 정상으로 돌아온 걸 확인한 김다경, 그 큰 눈망울을 출렁이며 윤도를 바라보았다.

"저랑 두 가지 약속한 거 알죠? 잘 지키셔야 합니다."

"걱정 마세요. 앞으로 제 삶의 제1원칙으로 삼을 거니까요."

김다경이 소리를 높였다. 늘어졌던 그녀의 어깨는 스타답게 시원하게 올라가 있었고, 바닥에 질질 끌리던 자존심 역시 묵직하게 일어나는 게 보였다.

병 앞에 장사 없다.

병이 나을 때 행복하지 않을 사람도 없다. 본명 김성희의 김다경. 그녀는 나갈 때 마스크를 쓰레기통에 던졌다. 그녀를 알아본 예약 환자들이 기념 촬영을 원했다. 들어올 때는 죄인처럼 몰래 들어온 그녀. 이제는 거침없이 스타 기질을 누리고 있었다. 기분이 좋아진 그녀는 그 누구의 촬영에도 응했다.

찰칵, 찰칵!

셔터 소리마다 행복이 묻어났다.

9. 장침, 평양 상륙

방북.

그 역사적인 순간을 하루 앞두고 윤도는 잠시 고민에 빠졌다. 방수용은 왜 윤도를 지목한 걸까? 그의 외사촌 형님이 한의사라는 것만으로는 이해가 쉽지 않았다.

지난번 청와대, 그때의 진맥으로 보아 그에게는 이제 큰 문제가 없었다. 간 이식이 안정화된다면 평탄한 노년의 삶을 살아갈 일이었다.

하지만 단순한 감사의 마음으로 부를 리는 없었다. 그런 의미라면 강기문이 적합했다. 하지만 강기문이 아니고 윤도였다.

"우리 어린 아들도 다리에 문제가 있는데……."

단서가 될 만한 사항은 딱 하나. 만약 그 일로 윤도를 원하는 거라면 아들이 앉은뱅이 정도는 된다는 얘기였다.

약제실 약장에서 영약을 바라보았다. 영약은 언제나 간당간당했다. 지금 몇 가지 눈에 들어오는 것도 한두 명 정도에게 약침으로 쓸 양에 불과했다.

언산.

독을 없애주는 영약.

순초.

얼굴빛을 곱게 만드는 영약.

웅황.

나쁜 기운과 독을 물리치는 영약.

요초.

눈이 나빠지지 않고 색맹을 낫게 하는 영약…….

하나하나 바라보다 시선을 거두었다. 김광요 차장보의 당부 때문이었다.

"침 도구와 생활용품 외의 어떤 물품의 휴대도 금합니다."

그건 북측의 괜한 오해를 방지하기 위한 일이었다. 그러니 영약이든 약침이든 휴대할 수 없었다. 남북의 경색을 풀자고 동행하는 마당에 빌미를 줄 수는 없는 일이었다.

"푹들 쉬고 나오세요."

오후에 대기실에 모인 직원들에게 윤도가 말했다. 국정원의 말대로 북한행을 숨기고 중국 왕진이라고 얼버무렸다. 집에도 마찬가지였다.

"그럼 저는 종일이하고 남해 산 좀 돌아보고 오겠습니다."

진경태가 말했다.

"그동안 고생하셨는데 좀 쉬지 않고요."

윤도가 진경태를 바라보았다.

"저는 그게 쉬는 겁니다. 한동안 산에 가지 않았더니 약초 잊어버릴 지경입니다."

"그럼 조심해서 다녀오세요."

"원장님도 원행 길 조심하십시오."

진경태가 웃었다.

정나현을 통해 직원들에게 휴가비를 챙겨주었다. 일요일까지 붙이면 나흘을 쉴 수 있는 찬스. 직원들 입장에서는 황금의 시기가 될 테니 당연히 돈이 필요할 일이었다.

다음 날 아침, 국정원에서 연락이 왔다.

―곧 차량이 도착합니다. 소지품 들고 도로 앞 편의점으로 나오십시오.

전화는 간단하게 끊겼다. 생활용품 외에는 금지라 했으니 챙길 건 침통밖에 없었다. 침은 종류별로 넉넉하게 넣었다.

"중국 간다고?"

어머니가 현관에서 물었다.

"네, 베이징대학에 침술 연수가 있어서요."

"잘 다녀오세요, 우리 채 의원님."

어머니는 환한 얼굴로 윤도를 배웅했다.

편의점이 가까워지자 차량이 보였다. 국정원 직원들은 평범한 회사원 차림이었다.

"티켓입니다. 심양에 내리면 저희 직원이 나와 있을 겁니다."

조수석의 여직원이 비행기 티켓을 건네주었다. 좌석은 Business Class였다.

"그냥 타면 되나요?"

"네."

설명은 그것으로 끝이었다. 더 물을 분위기도 아니라서 추가 질문은 하지 않았다.

콰우우웅!

굉음을 내며 비행기가 이륙했다. 대한항공이었다. 윤도는 침통을 꺼내 들었다. 기도환의 것이었다는 낡은 침통에도 이제 반질한 손때가 오르고 있었다. 쓰임새가 잦은 까닭이었다.

옛날 한의사들은 자신의 침통이 있었다. 하지만 이제는 그런 개념이 필요 없다. 침은 한 번 쓰고 버린다. 한의원 밖의 왕진도 거의 없다. 그러니 침통이 따로 필요하지 않았다.

하지만 윤도는 이 침통을 보면 괜히 안정이 되었다. 근현대 한국 한의학에서 최고의 침술가로 회자되는 기인 기도환. 그런 명의의 숨결을 느낄 수 있다는 것도 축복의 하나였다.

비행기는 이내 중국 땅에 닿았다. 입국 수속을 끝내고 나가니 30대 초반의 여자가 따라붙었다.

"채 선생님?"

"네."

"따라오세요."

그녀가 자연스레 앞서 걸었다. 그녀가 안내하는 차에 올랐다. 한참을 달리자 아담한 음식점이 나왔다. 거기서 차가 멈췄다. 그녀가 안내한 건 작은 내실이었다.

"잠깐만 기다리시면 됩니다."

여자는 공손한 인사를 남기고 나갔다.

'헐.'

상당히 뻘쭘했다. 보안상 그러는 것이니 이해하지만 윤도는 국정원 직원이 아니었다. 테이블에 놓인 차를 마셨다. 그때 복도에 발소리가 들렸다.

똑똑!

노크 소리를 따라 고개를 들었다. 문이 열리더니 네 명의 남자가 모습을 드러냈다. 국정원 차장보 김광요와 수행과장, 그리고 낯익은 정치인과 또 다른 국회의원이었다.

"오느라 고생했죠?"

차장보가 다가와 윤도 손을 잡았다.

"여긴 이번 밀담의 주역을 맡으신 오병길 의원님, 지지난 정부에서 중국 대사를 역임하신 분이십니다. 그 옆은 박상직 의원님. 오 의원님 보좌 역을 맡으셨습니다."

김광요가 대표단 소개를 했다.

"채윤도입니다."

윤도는 그저 인사를 할 뿐이었다.

"북측 방 대표가 채 선생에게 호의적이라는 말을 들었습니다. 회담의 유의미한 성과를 위해 분위기 조성을 잘 부탁합니다."

오병길이 묵직한 당부를 날려왔다. 윤도는 꾸벅 고개를 숙이는 것으로 대답을 대신했다.

"자, 그럼 간단히 때우고 준비하시죠. 비행기 시간이 가깝습니다."

김광요 차장보가 식사를 권했다. 오병길은 살짝 긴장된 모습이다. 그래서 그런지 음식을 먹다가 식체를 당하고 말았다.

"소화제 있나?"

수행원을 불러 약을 찾는 오병길 대표였다.

"제가 도와드리죠."

간단히 맥을 짚은 윤도가 장침을 꺼내 들었다. 침은 발바닥의 이내정혈에 들어갔다. 대개는 합곡혈을 취하는 식체. 하지만 오병길의 요혈은 이내정혈이었다. 식체는 단숨에 해결되었으니 원샷 원킬의 처방이었다.

"오, 신침이시라기에 설마 했더니?"

오병길은 단 한 방에 윤도의 팬이 되고 말았다. 갑갑하고 더부룩하던 속이 시원하게 뚫린 것이다. 식사가 끝나자 차 두 대가 마련되었다. 윤도는 김광요 차장보와 한 차에 탔다. 목적지는 다시 심양공항이었다.

"채 선생님."

한적한 도로를 달리며 김광요가 말문을 열었다.

"예."

"긴장되시죠?"

"조금은 그렇습니다."

"북한에 대해 어떻게 생각하나요?"

"어떤 뜻이신지?"

"정치적인 견해 말고… 그냥 마음속에 든 북한 말입니다."

"죄송하지만 잘 모릅니다. 가본 적도 없고 갔다 온 사람도 만나보지 못했으니까요."

"솔직해서 좋군요."

"미리 알고 가야 하는 겁니까?"

"아닙니다. 지금 그대로가 좋습니다. 다만 말만 조심하면 됩니다. 정치적인 것, 남북의 비교, 나아가 저들 정권 실세들에 대한 비판은 금지입니다."

"예."

"나머지는 채 선생님 평소 소신대로 하십시오."

"북한에도 한의사가 있겠죠?"

"물론이죠?"

"혹시… 만날 기회가 있으면 만나도 될까요?"

"물론입니다."

"아직도 저쪽에서 왜 저를 요청한 건지 이유를 모르시나요?"

"죄송하지만 그렇습니다. 우리가 워낙 한의사에 관련된 정보는 전무하다시피 해서……."

"……."

"다만 이건 사견인데… 예전에 북한에 기이한 사건이 하나 있었다고 합니다."

'기이한 사건?'

윤도가 촉각을 곤두세웠다.

"북한 최고위 장성 하나가 러시아에 갔을 때의 일인데 급살을 맞아 절명했다고 합니다. 러시아 측에서 의료진을 동원했지만 진단은 변하지 않았죠. 사망."

"……."

"해서 바로 평양으로 후송이 되었는데 공항에서 살아났다는 말이 있었습니다. 그러다 보니 채 선생에게 더 호의적인 게 아닌가……."

"공항에서요?"

"거기 대기 중인 의료진 중에 한의사가 있었는데 다리에 장침 한 대 놓는 것으로 죽은 사람을 살렸다고 하더군요. 하도 전설 같은 얘기라 액면대로 믿고 있지는 않은데 목격자가 많은 것으로 보아 사실로 판단하고 있기는 합니다만……."

다리에 장침.

그렇다면 그건 족삼리였다. 일반적인 상식으로는 믿지 않겠지만 한의학적으로는 가능했다. 이는 고래로 명의들에게 따라다니는 일화이기도 했다.

"그런데 그게 한의학적으로 가능하기는 한 겁니까?"

김광요가 물었다.

"가능합니다."

윤도가 잘라 말했다.

"호오, 채 선생 같은 분이 말하니 믿기는군요. 죽은 사람도 살린다……"

"모든 경우에 그런 건 아니고 몇 가지 실례가 있습니다. 아마 그 경우에 해당되었던 것 같습니다."

"그렇군요. 그리고 이건 제 생각인데… 어쩌면 북한 내에서 채 선생은 따로 행동하게 될지도 모르겠습니다."

"예?"

"채 선생은 한의사입니다. 나머지 우리는 정치적인 협상 팀이니 협상 테이블에 함께 앉힐 리는 없고… 나아가 북한에서의 저쪽 대표는 방수용보다 서열이 높은 사람이라고 통보가 왔습니다. 그러니 한의학에 조예가 깊은 방수용 비서가 채 선생에게 개별 침술을 맡기지 않을까 하는 게 우리 자체 분석입니다."

"……"

"뭐 그렇다고 해도 저녁에는 숙소로 데려다줄 것으로 봅니다. 혹시라도 저희가 없는 곳에서 난처한 일이 생기면 즉답을 피하고 저녁에 와서 상의하세요."

"예."

"그리고 핸드폰 말입니다. 평양에서는 국제통화가 거의 불가능하니 참고하시고… 혹시라도 저쪽 정권에 대한 문자나 메모 같은 게 있으면 미리 지우시기 바랍니다. 만에 하나 특별한 일이 생기면 핸드폰 조사를 당할 수도 있거든요."

"그런 건 없습니다."

"이상입니다. 조금 불편하시겠지만 참아주시면 고맙겠습니다."

"예."

윤도가 답했다. 다시 심양공항이 코앞이었다. 보안 수속은 올 때와 달랐다. 북한 측 요원으로 보이는 사람이 다가와 대표로 수속을 밟아주었다. 한국 대표단은 윤도를 포함해서 여섯 명이었다.

평양공항, 북한 측 안내자 두 명이 나와 대기 중이었다. 신분 확인이 끝나자 차량으로 안내했다. 윤도네 숙소는 깔끔한 호텔이었다. 그리 높지 않았다. 그 로비에 방수용이 기다리고 있었다.

"어서 오십시오."

방수용은 군관들을 거느리고 남측 대표단을 맞았다. 오병길, 박상직과 악수를 나누고 김광요를 거친 후에 윤도에게 다가왔다.

"채 선생, 와줘서 고맙소."

윤도에게는 악수가 아니라 가벼운 포옹이었다. 앞선 인사들보다 극진한 모습이었다. 인사가 끝나자 일단 숙소로 안내되었다. 윤도네 객실은 빌딩의 최고층인 6층 전관이었다. 객실은 1인 1실로 배정이 되었다. 방은 꽤 넓었지만 침대는 싱글 하나였다.

'북한……'

침대를 만지면서도 실감이 나지 않았다.

객실은 깔끔했다. 침대도 그렇고 인테리어도 그랬다. 욕실을 여니 그 또한 해외의 호텔과 다르지 않았다. 욕조도 괜찮고 샤워 부스도 좋았다.

적막이 어색해 방송을 틀었다. 북한은 어떤 방송이 나올까? 전원에서 일하는 목가적인 풍경이 나왔다. 리모콘을 돌리자 뉴스가 나왔다. 한국에서 많이 보던 그 여자 아나운서였다.

[제국주의자들의 반공화국 책동이 극악에 달한 오늘, 우리 혁명 전사의 고깃배들은 조국과 인민을 보위하는 군함의 심정으로 물고기를 잡으러 나가고 있으니……]

고조된 멘트 뒤로 서해가 보였다.

[미제의 몰골을 보면 구역질로 오장이 뒤집힐 지경이니 저들이 도발하면 우리는 저들의 심장부까지 정밀 타격하여 지구상에서 멸종시킬…….]

이번에는 미사일 자랑이다. 아나운서는 여전히 고조되었다. 한 뉴스 안에서 목표 지점만 골라 핵으로 정밀 타격하겠다는 말이 네 번이나 반복되었다. 얌전히 방송을 껐다.

똑똑!

잠시 후에 노크 소리가 들렸다. 옷가지를 정리하던 윤도가 고개를 들었다. 방문을 연 건 한국 대표단이 아니라 여자 접객원 둘이었다. 그들은 깎지 않은 통과일을 들고 있었다.

"지도자 동무께서 하사하신 과일입네다."

접객원은 과일을 테이블에 올려놓고 나갔다. 쓰다 달다 말도 없었다. 냉장고를 열었다. 뜻밖에도 북한 맥주가 보였다. 한 병을 꺼내 뚜껑을 땄다.

뽕!

소리가 좋았다. 컵에 따라 한 잔을 마셨다.

똑똑!

다시 노크 소리가 들렸다. 이번에는 김광요 차장보였다. 그 뒤로 방수용이 보였다.

"아아, 편하게 쉬세요."

방수용이 손짓을 하며 들어섰다.

"방 비서께서 채 선생과 잠시 이야기를 나누고 싶다고 해서……."

차장보는 그 말을 남기고 문을 닫아버렸다. 자리를 비킨 것이다.

"맥주?"

방수용이 테이블을 보며 뒷말을 이었다.

"맥주 좋아합니까?"

"아닙니다. 그냥 목이 좀 말라서……."

"좋아하면 사양 말고 드세요. 내 한 트럭이라도 넣어주라고 할 테니까."

"고맙습니다."

"잠깐 얘기 좀 해도 될까요?"

"예."

"남에서 맞은 침 말입니다. 효과가 정말 좋더군요. 그 후로도 가뜬합니다."

"예……."

"채 선생."

"예."

"채 선생의 침은 어디까지 가능합니까?"

"네?"

"혹시 불치병이나 난치병 환자도 고쳐본 적 있습니까? 침으로 말입니다."

"경계가 애매하니 말하기 곤란하군요. 불치와 난치도 종류가 많아서요."

"스쳐갈 듯 진맥을 해도 칼날에 닿는 것처럼 날카로운 맥."

"······?"

"허겁지겁하다가 달팽이처럼 느려지는 맥."

"······!"

"그 안이 허공이라 새털을 만지는 듯한 맥······."

"······!"

방수용의 말에 윤도의 시선이 굳었다. 그가 말하는 건 저승사자를 예약해 둔 맥. 한의들이 가장 우려하는 진장맥이었다. 그러니 방수용의 질문은 죽을 사람도 고칠 수 있냐는 것에 다름이 아니었다.

"의술은 장담하지 않고 최선을 다할 뿐이다라고 배웠습니다."

"내 말은··· 그런 경험이 있냐고 묻는 겁니다."

"······."

"말하기 어려우면······."

"있습니다."

윤도가 고개를 들며 말했다. 상대의 의도 따위는 상관없었다. 그저 진실을 말할 뿐이었다.

"굉장하군요. 그렇다면 그런 맥을 짚을 수도 있다는 뜻?"

"비서님이야말로 그렇습니다. 한의사도 아니신데 어떻게 그런 걸 알고 계신지……."

"하핫, 내가 남쪽의 청와대에서 말씀드리지 않았습니까? 한의학의 선무당이라고."

"선무당 수준이 아닌 거 같아 말씀드리는 겁니다."

"혹시 침 가져오셨습니까?"

"그렇긴 합니다만."

"침통 좀 보여주실 수 있습니까?"

"그러죠."

윤도가 가방에서 침통을 내주었다. 받아 든 방수용의 시선이 또 다시 안으로 깊어졌다.

"이거 나한테 잠깐 빌려줄 수 있으시겠소?"

"그건 안 됩니다."

윤도가 단칼에 잘랐다. 진귀한 침통이기에 내줄 수 있는 물건이 아니었다.

"잠깐이면 됩니다."

"그렇다면 사진을 찍으시죠."

윤도가 대안을 내놓았다.

"특별히 아끼는 침통인가 보군요?"

"그렇습니다."

"그렇다면……."

방수용이 핸드폰을 꺼내 낡은 침통을 찍었다.

"그럼 또 봅시다."

촬영이 끝나자 그는 바로 객실을 나갔다.

'뭐야?'

윤도의 고개가 갸웃 돌아갔다. 뭔가 있는 건 같은데 도무지 감이 오지 않았다. 그때 김광요 차장보가 다시 들어왔다.

"우리는 첫 회담이 있어 나갑니다. 채 선생 이름은 명단에 없으니 여기서 대기하셔야겠어요."

"그러시죠."

"이쪽에 물어보니 가까운 곳으로 나가는 산책 정도는 상관 없다고 하더군요. 갑갑하면 나가서 저기 공원이나 산책하고 계세요."

"제 걱정은 말고 다녀오십시오."

윤도가 답했다.

창을 보니 오병길과 박상직 등이 차에 오르는 모습이 보였다. 호텔에는 윤도만 남았다. 텔레비전은 여전히 재미가 없었다. 원래도 잘 보지 않는 방송이었다. 문을 열고 복도를 내다보니 바로 여자 접객원이 달려왔다.

"필요한 거 있으십네까?"

"아, 혹시… 북한 한의학 책 같은 거 좀 볼 수 있을까요?"

"한의 서적 말씀입네까?"

"예."

"잠깐만 기다리시라요."

접객원은 복도 끝으로 가더니 책 몇 권을 안고 와 생긋 웃었다. 아마 미리 준비를 해둔 모양이었다.

북한 한의서.

흥미가 당겼다. 책상에 앉아 과일을 물어뜯으며 책을 넘겼다. 여기서도 윤도의 관심을 끄는 건 침술이었다. 북한에서 침술 책을 만나니 반갑기 그지없었다.

차상광.

저자의 이름부터 확인했다. 침술은 생각보다 수준이 깊었다. 특이 이 침술책이 그랬다. 마지막에 언급된 '오장직자화침(五臟直刺火鍼)'은 윤도도 못 듣던 시침법이었다. 하지만 단어만 언급되었다. 단어만 봐서는 오장을 직접 공략하는 시침. 궁금증이 더할 때 전화벨이 울렸다.

따르릉!

누굴까?

선뜻 받지 못하다가 결국 수화기를 들었다. 발신자는 방수용이었다. 통화 후에 윤도는 객실을 나섰다. 여자 접객원이 엘리베이터 단추를 눌러주었다. 방수용의 요청이었다. 차를 보냈다고 했다. 김광요 차장보에게 행선지를 알리려 했지만 통화가 되지 않았다. 메모를 써서 김광요 방에 붙이고 호텔을 나왔다.

"타시라요."

남쪽에서 본 서경세였다. 방수용을 수행하던 그 사람.

운전수는 안에 따로 있었다. 무작정 차를 보낸 방수용. 그렇기에 한편으로는 불안한 마음도 있었다. 하지만 거절할 수도 없는 입장이었다.

'설마 죽이지는 않겠지.'

윤도가 차에 올랐다.

탁!

문이 닫히고 서경세가 조수석에 올랐다. 차는 그대로 출발했다.

차는 중심가를 끼고 한참을 달렸다. 그러다 작은 강변에 도착했다. 버들가지가 수려한 곳이었다. 한갓진 도로에 접어들자 이 층 가옥이 나왔다. 주변 집들보다 좋아 보였다. 그 대문 앞에 방수용이 있었다. 옆에는 여덟 살쯤 난 소년이 서 있다. 흰 상의 카라에 두른 붉은 마후라가 인상적이었다.

"어서 오세요."

윤도가 내리자 방수용이 맞았다. 소년은 방수용을 따라 인사를 해왔다.

"들어가시죠."

방수용이 대문을 가리켰다. 차는 이미 보이지 않았다.

차평재.

대문의 문패가 스쳐 갔다. 방수용의 집은 아닌 모양이었다. 방수용을 따라 걸었다. 소년의 걸음이 눈에 들어왔다.

절뚝!

왼쪽 다리를 절었다. 심했다.

거실에는 책이 많았다. 소박한 실내와 잘 어울렸다. 장년의 여자가 차를 내왔다. 묘향산에서 왔다는 차였다. 여자는 누구일까? 방수용이 깍듯한 걸 보니 아내 같지는 않았다. 하지만 윤도의 진짜 관심은 다른 곳에 있었다. 창가 오동나무 반상 위에 소복한 약재였다.

'지치……'

윤도는 약재를 알았다. 지치는 뿌리를 보라색 염료로 사용한다. 하지만 염료로 쓰기에는 아까울 정도로 훌륭한 약재다. 단품으로 쓰는 약재 중에서는 열 손가락 안에 꼽을 수 있는 약재였다. 민간에서는 지치를 고질병이나 난치병에 많이 쓴다. 뿌리의 보랏빛 덕분에 자초로도 불린다.

지치는 약성이 차다. 열을 내리고 독을 풀며 염증을 삭힌다. 새살이 돋는 것도 돕는다. 그렇기에 암이나 간 질환, 동맥경화 등의 탕제 처방에 사용되는 경우가 많았다.

윤도의 생체분석기가 자동으로 돌아갔다.

[원산] 북한.
[약재 수령] 7년.

[약성 함유 등급] 中上품.

[중금속 함유] 미량.

[곰팡이 독소] 무.

[약재 사용 유무] 가능.

[용법 용량] 기존 용법에 따름.

[약효 기대치] 中中.

약성 함유 中上에 약효 기대치 中中. 산해경 기준이 이러니 현실 기준으로 맞춰보면 굉장한 약재였다. 무려 최상급 약재가 되는 것이다. 게다가 양도 꽤 많았다.

'흠흠……'

그러고 보니 실내에 탕약 냄새도 그윽했다. 그윽하다는 건 일회성 탕제가 아니라는 뜻이었다.

"지치에 관심이 있습니까?"

방수용이 눈치를 차리고 물었다.

"예… 북에서 처음 본 한약재라서요."

"온통 한의학에 대한 관심뿐이군요. 그래서 그 나이에 명침을 놓을 수 있는 겁니까?"

"과찬이십니다. 이제 겨우 침감을 체득한 병아리일 뿐입니다."

"채 선생이 병아리면 남한의 침술 수준이 그렇게 높다는 겁니까?"

방수용이 물었다. 얼굴은 웃고 있지만 틈이 없는 질문이었다.

남한의 침술…….

그 한정(限定)이 윤도를 주저하게 만들었다. 한국의 침술이라면 거의 윤도가 최고봉이었다. 전주의 공광태, 삼척의 김남우, 칠곡의 지용균, 동래의 이창수… 거기에 더해 서울의 조수황……. 전국 각지에 침술로 유명한 한의사가 없는 것은 아니지만 윤도의 신침을 당할 리 없었다. 그렇다고 윤도 입으로 내가 최고요 할 수는 없는 일이었다.

"한국 땅이 좁은 듯해도 넓거든요. 더구나 침술이란 가도 가도 끝이 없는 공부 길이라 우열을 논하기 어렵습니다."

짝짝짝!

윤도의 대답에 느닷없는 박수가 나왔다.

"역시 채 선생은 솔직담백하군요. 난 거짓말이나 나불거리는 족속들은 그리 좋아하지 않습니다."

방수용의 얼굴에 깃들었던 각이 풀려 나갔다.

"그래, 보기에 우리 지치는 어떻습니까? 남에도 지치가 있을 일이니……."

"약성이 굉장히 좋은 거 같군요. 제가 보기에 하늘 아래에서 최상급일 것 같습니다. 약재로 구하신 거라면 그 안목에 놀랄 뿐입니다."

"맞습니다. 우리 공화국에서 최고로 좋은 등급이지요. 하지만 내가 더 놀랍군요. 채 선생은 약재 보는 눈까지도 기가 막히니……."

"고맙습니다."

"오면서 궁금했었죠? 내가 왜 채 선생을 초청했는지?"

"조금은 그렇습니다. 보답으로 부른 거라면 저 대신 강기문 선생님이 올 자리입니다."

"아까 제 아이 다리를 보셨는지요?"

방수용이 말문을 돌렸다.

"예……."

"교통사고 이후로 다리를 제대로 펴지 못하고 있습니다. 수고스럽지만 한번 봐주실 수 있을 지요?"

"그렇게 하죠."

"수란아."

윤도가 답하자 방수용이 문을 향해 말했다. 그러자 구석쪽의 문이 조용히 열렸다.

"남쪽 선생님이 정길이 병을 봐주시겠단다. 준비를 하거라."

"예."

고등학생으로 보이는 여학생이 공손히 답했다. 10분쯤 지난 후에 그녀가 다시 문을 열었다.

"준비 끝났습니다."

여학생이 말했다.

"가서 정길이 데려오너라."

방수용의 말에 따라 여학생이 나갔다. 그녀는 곧 아까 본 소년의 손을 잡고 들어섰다.

"그럼 부탁합니다."

방수용이 정중히 상체를 기울였다.

"……!"

옆 방에 들어선 윤도가 흠칫 멈췄다. 특이한 거실에 이어지는 방… 그 안에서 나는 약재 냄새 때문이었다. 안에는 약재가 많았다. 한의원의 물품도 보였다.

'유서 깊은 한의사 집안이군.'

윤도가 장침 통을 꺼냈다. 침통을 본 여학생의 눈이 출렁 흔들렸다. 그걸 알 리 없는 윤도는 방수용의 어린 아들의 진맥을 잡았다.

"어떻습니까?"

윤도가 손을 놓자 방수용이 물었다.

"죄송합니다."

윤도가 손을 놓고 물러섰다.

"왜죠?"

방수용이 물었다. 그는 눈썹 하나 흐트러지지 않고 있었다.

"아드님의 다리를 치료하기 위해서는 몇 가지 필수 혈자리가 있어야 하는데 그게 없습니다. 등 아래와 다리 쪽 혈자리입니다. 아마 사고 수술 때 문제가 생긴 게 아닌가 싶습니다."

씨익!

윤도 말을 들은 방수용 입가에 미소가 번져갔다.

"당신은 명의일 뿐만 아니라 심의(心醫)이기도 하군요. 다른 한의사들은 그조차 모르고 어떻게 한번 해보려다 애 눈물만 보태놓던데."

"혈자리는 없지만 대체 혈자리를 세울 수는 있습니다."

"대체 혈자리라고요?"

"말하자면 가짜 혈자리입니다. 진짜가 아니니 100%는 아니겠지만 어느 정도 효과는 나올 겁니다. 허락을 하신다면 거기까지는 가능합니다."

윤도의 목소리는 겸허했다. 윤도가 시침하려는 혈자리가 무혈인 것은 사실이었다. 소년은 그 부위의 살이 죽었다. 물론 거짓말을 하고 진행할 수도 있었다. 이유야 어쨌든 어느 정도 호전시키는 건 자신이 있었다. 하지만 윤도는 그렇게 하지 않았다. 보아하니 한의학에 조예가 깊은 방수용. 눈 가리고 아웅 할 수는 없는 일이었다.

"왼쪽 다리와 오른팔이 좋지 않습니다. 허락하시겠습니까?"

"……."

"내키지 않으시면……."

"허락하겠소. 기꺼이!"

방수용의 대답이 시원하게 나왔다. 윤도가 마음에 든다는 표정이었다.

사락.

윤도가 침통을 꺼냈다. 소년은 낮은 침상에 누운 채였다. 이미 한두 번 겪은 게 아닌지 특별한 두려움도 보이지 않았다.

윤도의 첫 침은 대릉혈에 들어갔다. 치료와 상관없는 혈자리였다. 말하자면 일종의 레이더용으로 넣은 혈자리였다. 질병의 원인을 알기 힘들거나 병소를 찾기 힘들 때 쓸 수 있는 묘방이었다.

거기서 대체 혈자리의 감을 잡았다. 호침 세 개를 꺼내 주변에 찔렀다. 세 침의 침감으로 대체 혈자리를 선정했다. 거기들어간 건 장침이었다. 소장수혈 자리를 그런 식으로 대체했다. 침을 주목하는 방수용의 시선은 뜨겁다 못해 불이 날 것같았다. 그건 단순한 보호자의 눈빛이 아니었다.

"어떠니?"

윤도가 소년에게 물었다.

"팔이 땡겨요."

그 말이 끝나기 전에 양릉천혈 자리를 잡았다. 그 또한 같은 방법이었다.

"지금은?"

"괜찮은 거 같아요."

'오케이.'

숨을 돌린 윤도가 다음 침을 잡았다. 다음 혈자리는 큰 문제가 없었다. 단숨에 중완과 좌양지혈을 공략했다. 오그라든 다리의 근육이 퍼지는 게 보였다. 여세를 몰아 풍부혈에서 마무리를 했다. 굳었던 소년의 표정은 쭉 퍼진 다리 근육처럼 시원하게 풀려 있었다. 그러자 놀랍게도 장침의 끝이 움직이기 시작했다.

"불규칙하게 틀어졌던 혈자리 몇 군데가 원래의 자리로 돌아오는 중입니다. 걱정하지 않아도 됩니다."

윤도는 방수용을 위해 설명을 곁들였다.

"첫 침이 들어간 게 소장수혈 자리였습니까?"

방수용이 물었다.

"예."

"분명합니까?"

"예… 100%는 못 되지만 90%는 대체가 된 것 같습니다."

"허어, 역시 명의시군. 많은 한의사들이 그 때문에 낭패를 보았었는데……."

방수용의 말을 들으며 발침을 했다. 소년이 일어섰다.

"걸어볼래?"

윤도가 어깨를 쳐주었다. 소년이 걸었다. 크게 절뚝이지 않았다.

"정길이가 제대로 걷습네다!"

여학생이 소리쳤다. 방수용과의 관계를 알 수 있는 말이었다.

"고맙습네다."

소년이 다가와 고개를 숙였다. 기분이 좋은지 볼이 잔뜩 상기되었다.

"더 도와드릴 일이 있는지요?"

윤도가 방수용을 바라보며 물었다.

"염치 불구하고 우리 외당질도 부탁합니다."

방수용이 여학생을 가리켰다. 외당질은 외사촌 형의 아들 딸을 가리킨다. 그녀는 생리불순이었다. 말하자면 월경이 막혔다. 심하면 일 년에 서너 번 하는 게 고작. 지금도 세 달째 그것이 없었다.

"이름이 수란이라고?"

"네."

"그럼 말이지……."

윤도가 그녀의 귀에 대고 속삭였다. 여학생은 얼굴을 붉히고 일어나더니 방에서 나갔다가 돌아왔다. 윤도가 장침을 뽑았다. 관원과 경골혈을 취하고 삼음교혈을 잡았다. 소년에 비하면 누워서 떡 먹기였다. 여기까지 진행해도 다소 기혈 공세가 부족했다.

중극혈을 하나 더 보탰다. 그러자 자궁에 신호가 갔다. 여학생의 얼굴이 붉어지는 게 보였다. 윤도는 태연히 시간을 쟀다. 그녀를 위한 조치는 이미 해둔 바였다. 생리에 대비하기 위해 생리대 착용을 권했던 것이다.

"끝났습니다."

발침을 하고 자리를 비켜주었다. 여학생은 주춤주춤 화장실로 달려갔다. 방수용은 그게 무엇을 뜻하는지 알았다. 그 또한 원샷 원킬의 신기였다.

"채 선생……."

지켜본 방수용의 눈매가 파르르 떨었다. 여학생이 돌아와 인사를 할 때까지 그랬다.

"은인이시다. 절을 올리거라."

방수용이 두 아이에게 말했다. 소년과 여학생은 그대로 따랐다.

"수란아."

"네."

"가서 그걸 가져오거라."

"예."

지시를 받은 여학생이 다시 나갔다. 그리고 뭔가를 들고 와 방수용에게 건넸다. 그 뭔가가 윤도 앞에 내밀어졌다.

'윽!'

윤도의 시선이 시간 정지 마법처럼 굳어버렸다. 본능적으로 자신의 침통을 체크했다. 침통은 손에 있었다. 하지만… 방수용의 손에도 있었다. 두 침통은 거의 똑같았다.

"방 비서님."

윤도의 시선이 벼락처럼 일어섰다. 조금 다르긴 하지만 같은 분위기가 나는 침통. 그것 또한 기도환의 침통이 분명했다.

"어떻소?"

방수용이 물었다. 윤도는 대답하지 못했다. 침통을 살피는 손이 미친 듯이 떨렸다. 손으로 깎아 만든 오동나무 침통. 안의 구조와 겉모양, 바닥의 이니셜까지 같았다.

ㄱㄷㅎ.

"이게 어떻게?"

"나도 남쪽에서 채 선생처럼 놀랐습니다. 채 선생의 침갑 때문에 말이오."

"이 침통……?"

"내 외사촌 형님의 것이오."

"……?"

"우리 가문의 영광이자 인민의 자랑인 차평재 한의사……"

'차평재?'

"그분이 그분의 아버지이자 인민의 영웅 차상광에게 물려받은……"

"……!"

윤도의 뇌리에 우르르 지진이 일었다. 차평재와 차상광. 장지커가 말한 차씨 성의 남자들이 맞았다.

"이 침갑의 주인 이름을 아시오?"

방수용이 침갑을 보며 물었다.

"기도환……"

"아시겠지만 그분이 바로 차상광의 스승이시오. 저 먼 옛날, 동족 비극의 전쟁 때 피난터인 부산에서 만났다고 하더이다."

"……."

"차상광은 거기서 2년 남짓한 피란 생활 중에 기도환의 침술을 전수받았소. 그리고 휴전이 되기 전에 북으로 돌아와 인민의 질병을 고치기 시작했지요."

"……."

"전화(戰禍)로 참혹한 시대의 구국 영웅이었소. 수많은 부상자들이 그분의 침으로 건강과 웃음을 되찾았으니까."

"……."

"어버이 수령의 주치의로까지 활약했지만 각지의 인민들을 보살피느라 무리를 했어요. 마지막 날도 응급환자 소식을 듣고 달려가다가 빙판길에서 차가 전복되어 그만……."

'맙소사.'

"하지만 다행히 그 아들 차평재, 즉 내 외사촌 형이 침술을 물려받은 후였어요. 아버지를 따라 인민을 구하는 동안 차평재도 조국의 등불이 되어 있었지요. 우리 수령 동지 역시 대를 이어 차평재를 주치의로 정하고 모든 걸 맡겼습니다. 그리고 지금의 지도자 동지 역시… 그런데……."

'그런데?'

"불행히도 아버지의 유전자까지 고스란히 전수받았는지 지나친 과로로 팔 마비가 왔어요. 서너 해 전 수해로 인한 전염병과 함께 당 지도자들의 건강이 집단으로 악화되었는데 그들의 살리느라 자신을 돌보지 못한 거지요."

"……."

"설상가상 병원에서 진단을 받으니 췌장암이……."

"……!"

"나 역시 형님이 그 지경이 되는 통에 부득 남쪽 신세를 지게 된 거였는데……."

"그분……."

숨소리를 죽이던 윤도가 입을 열었다.

"아직 생존해 계십니까?"

"예."

방수용이 한마디로 대답했다.

"뵐 수 있을까요?"

"당연하지요. 어쩌면 형님을 위해 당신을 초청한 건지도 모릅니다."

"……?"

"채 선생, 무리한 부탁이라는 건 압니다. 하지만 우리 형님을 좀 살려주십시오."

"방 비서님……."

"인민을 위해 더 사셔야 하는 분입니다. 옛말에도 사필귀정이라고 양의가 못 고치는 한의의 병은, 한의가 고칠 수도 있지 않겠습니까? 이분이 병들기 전에는 분명 그리하였습니다. 심지어는 러시아에서 죽어 실려 온 당 간부도 살려낸 분입니다."

"그럼 그 전설 같은 이야기의 주인공이?"

"전설이 아닙니다. 그때 기사회생한 당 간부가 바로 내가 모시던 분이었습니다. 당시 내가 러시아에서 그분을 수행하고 있었고 내 외사촌 형님에게 가면 살 길이 있을지도 모른다고 고집했던 사람도 나였습니다."

"……."

"외사촌 형님은 내 기대대로 장침 하나로 그분을 살리셨지요. 내 형님은 진정한 신의셨습니다. 내 형님이라 하는 말이 아니라 병원이 열악한 우리 공화국에서는 이대로 보내기에는 너무 아까운 보물이십니다."

"……."

윤도의 정신 줄이 흔들렸다. 기도환의 제자 자취를 만난 것만 해도 정신이 없는 판에 전설 같은 일화의 주인공까지… 도무지 꿈을 꾸는 것만 같았다.

"부탁합니다."

방수용은 간절했다. 말 몇 마디에도 진심이 느껴졌다.

"일단 뵙는 게 우선입니다."

"알겠습니다. 수란아, 이분을 네 아버지께 모시거라."

방수용이 뒤를 보며 말했다. 닫혔던 문이 열리더니 여학생이 보였다.

"저를 따라오세요."

윤도가 일어섰다. 아찔한 현기증은 잘 눌러두었다. 여학생은 이 층으로 통하는 계단을 밟았다. 이 층으로 올라가자 햇

빛이 잘 드는 창가 쪽 방에 차평재가 있었다. 그를 간호하던 여자가 일어섰다. 아까 차를 내온 여자… 그러니까 그녀는 차평재의 아내이자 여학생의 차수란의 어머니였다.

"형님, 남쪽에서 채윤도 한의사가 왔습니다."

뒤에 선 방수용이 소개를 했다. 윤도가 들어섰다.

"인민의 자랑이자 내 외사촌 형님인 차평재입니다."

방수용의 소개가 이어졌다.

차평재.

그와 눈이 맞았다. 육신은 병마에 시달려 다 내려앉았지만 눈빛만은 짱짱해 보였다.

"반갑소."

차평재가 인사를 건네왔다. 입과 혀가 엉망이었다. 윤도는 꾸벅 인사로 말을 대신했다.

"그대가 기도환의 침통을 가지고 있다고?"

"예."

"실물을 볼 수 있겠소?"

차평재가 원했다. 윤도가 기꺼이 응했다. 침통을 본 차평재가 웃으며 말했다.

"기물이 기물을 만나다니… 내 아버지께서 소원 절반을 푸셨군."

"……?"

"내 아버지…… 살아생전 이런 침갑 한번 보는 게 소원이었다오. 이 침갑은 곧 기도환의 분신이니 그분을 만나고 싶은 마음이었지."

"저는 기도환에게서 받은 게 아닙니다."

"상관없소. 기물은 주고받음으로써 주인이 되는 게 아니라 운명을 따르는 것이니……."

'운명?'

"정길이를 고쳐주어 고맙소. 더불어 내 딸년도."

"별말씀을……."

"팔에 마비가 오고 오장육부에 탈이 나면서 식솔들조차 돌보지 못하는 몸이 되었다오. 저무는 길에 그게 마음에 앙금으로 남았는데 선생 덕분에 면피를 한 것 같소. 이 또한 이 침갑의 인연이 아니고 무엇이겠소?"

"제가 진맥을 좀 해도 되겠습니까?"

윤도가 물었다.

"사양하오."

차평재가 잘라 말했다. 거부를 담은 날선 목소리가 아니라 세상을 내려놓은 빈 소리였다.

"선생님……."

"다들 선친과 나를 일러 북의 화타요 편작이라고 했지만 화타와 편작도 오고 갈 때가 있는 것이오. 지금 내 병의 깊이가 그렇소."

"……."

"그러니 수고를 끼칠 거 없소. 내 대신 두 아이를 고쳐준 것만 해도 진심으로 감지덕지라오."

"형님, 그저 진맥만이라도……."

듣고 있던 방수용이 간곡히 말했다.

"어허, 내 병을 내가 알거늘……."

차평재가 고개를 저었다.

"차 선생님."

윤도가 다시 운을 떼고 나왔다.

"사실 먼 길을 오면서 방 비서님께서 왜 저를 초청한 건지 몹시 궁금했습니다. 그런데 이제 보니 차 선생님 때문에 저를 부르셨군요. 그렇다면 저 먼 남쪽에서 온 제 성의를 봐서라도 진맥 정도는 허용하는 게 맞지 않을는지요."

"……!"

차평재가 윤도에게 시선을 맞춰왔다. 단단하면서도 진솔한 압박이었다.

"당신 이름이?"

"채윤도입니다."

"우리 정길이 혈자리를 어떻게 잡았소?"

"잡을 수 없기에 새 길을 냈습니다. 강물을 새로 만드는 건 신의 영역이지만 도랑을 만드는 것 정도는 가능합니다."

"강이 사라졌으니 도랑으로 물길을 이었다?"

"예."

"그렇다면 말이오, 혹시 표적화침을 아시오?"

'표적화침?'

윤도가 시선을 들었다. 침구법에서 보지 못한 말이었다.

"남북이 오래 떨어져 용어가 다를 수 있습니다. 무엇을 뜻하는 말인지 알려주시면 고맙겠습니다."

당황하지 않고 시간을 좀 벌기로 했다.

"뜻으로 주고받을 말이 아니오. 모르면 공연한 수고를 더할 뿐이라오."

"그게 만약……."

생각을 가다듬은 윤도가 뒷말을 이었다.

"암세포 자체를 저격하는 침술을 뜻하는 거라면 가능합니다."

"……?"

텅 빈 눈빛을 하던 차평재가 벼락처럼 시선을 들었다.

10. 북한의 침술 영웅

"그걸 뜻하신 말씀입니까?"

"채 선생……."

"진맥을 해도 되겠습니까? 의원으로서 먼 왕진 길에 진맥조차 못하고 돌아간다면 그 또한 오랜 자책으로 남을 일입니다."

"그럼 내전(內轉)도 아시오?"

"암세포라는 놈, 건드리면 다른 곳으로 둥지를 옮기는 것 말씀입니까?"

"맞았소이다. 내 상태가 그 지경이오. 그러니……."

"처방법을 알고 있습니다."

"……?"

"문을 닫으면 됩니다. 암이 대장경에 속하면 대장경의 혈문을 닫고, 간경에 속하면 간경의 혈문… 혹 혈자리와 혈자리 사이라면 두 혈문을 닫고 자침하면 됩니다. 독 안에 넣고 사냥하는 거지요."

"당신이 그걸 할 수 있단 말이오?"

"저를 믿고 목숨을 맡겨주신다면 할 수 있을 것 같습니다."

윤도가 쐐기를 박았다.

"남쪽의 용한 침술가인가 했더니 이제 보니 저승사자가 오셨군."

"잘못하면 그렇게 될 판입니다."

차평재가 웃자 윤도도 따라 웃었다.

"좋습니다. 그렇게 고집하니 진맥은 허락하겠소. 하지만 쉬운 일이 아니니 그저 의원의 사명을 다했다는 위로로 만족하길 바라오."

차평재가 손을 내주었다.

'윽!'

진맥은 처음부터 극악이었다. 차평재는 보기보다도 더 나쁜 상태였다. 오장육부의 기혈은 바닥 밑의 지하실이었다. 그럼에도 정정한 모습은 한 분야의 대가만이 보일 수 있는 정신력의 발로였다.

췌장.

간장.

폐장.

주변 임파선…….

전이였다. 그리고 저 먼 곳… 머리의 이마와 어깨 견갑골 사이에도 작은 흔적이 있었다. 어깨에서 징조를 보이는 암의 흔적은 팔 마비의 원인이었다. 이마에 다리를 놓았으니 머잖아 머리까지 올라갈 기세였다.

그러나 다행히 암세포들이 찰진 군집을 이루었다. 자잘하게 온몸에 퍼진 게 아니라 장기 안에서 당차게 이웃하며 장부를 장악해 나가는 모양새였다.

'다행히'

윤도는 그 말에 희망이라는 방점을 찍었다.

'휴우!'

진단이 나오자 허탈감이 들었다. 신비경 때문이었다. 그걸 가져왔더라면… 가장 효과적인 영약을 꺼낼 수 있더라면… 하지만 이제는 대안이 될 수 없었다. 남쪽은 이웃 동네가 아니었다. 이런 이유로 북을 마음대로 드나들 수도 없거니와 차평재의 암은 시간을 재촉하고 있었다. 암세포가 치명적인 부위까지 장악하면 편작의 할아버지가 와도 별수 없을 일이었다.

그러나…….

주어진 시간은 길어야 이틀.

골똘하는 윤도 눈에 지치 약술이 들어왔다. 지치 역시 암 치료에 쓰인다. 여러 의서에서 해열·해독·혈액순환 개선, 각종 암과 염증 치료에 효능이 탁월한 것으로 알려져 있다. 그 중 유용한 성분은 시코닌. 고혈압, 해독, 항균작용 등에 탁월한 약효 성분이었다. 차평재 역시 그걸 알고 복용하고 있었다. 그렇다면 약침으로도 쓸 수 있었다.

약침.

그 단어에 북한 방송의 여자 아나운서 목소리가 겹쳤다.

핵 미사일 정밀 타격.

말만 들어도 끔찍하다. 하지만 그 말이 암세포에 적용된다면 얘기가 달랐다. 초토화되는 것이니 완벽한 제거가 아닌가? 윤도가 후끈 달아올랐다. 이미 직장암 치료로 똥꼬를 세이브시키면서 표적 자침에 대한 간접 경험을 했다.

'암세포를 직접 타격?'

침통을 보았다. 침통에서 빛이 났다. 해보라는 암시 같았다. 암세포… 그래봤자 하늘에 있는 것도 아니었다. 인체 안이다. 그 안의 어디든 윤도의 장침은 갈 수 있었다.

암세포를 직접 타격하면 시간을 아낄 수도 있었다. 거기에 화침까지도 자유로운 윤도의 손가락. 약침에 더불어 고온을 작렬하면, 체력이 떨어진 환자와 더불어 열악한 조건도 극복할 만해 보였다.

'좋아.'

윤도가 마음을 다졌다.

"차 선생님."

진맥을 끝낸 윤도가 차평재를 바라보았다.

"두 손 드시겠소?"

"손은 선생님이 들으셔야겠습니다."

"응?"

"진맥을 보니 다른 사람이면 이미 저승으로 가셨어야 할 상황이군요. 췌장암이 오장육부를 위협하면서 이마와 견갑골까지 차지하고 있습니다."

"허헛, 역시 명의시군."

"명의라는 말씀 진심입니까?"

"그렇소만."

"그럼 이 명의에게 선생님의 목숨을 맡기십시오."

명의를 강조했다. 차평재에게 내민 수술 각서와 다르지 않았다.

나 차평재는 본 진료를 받음에 있어 의료진에게 그 위험성의 설명을 충분이 들었기에 의료진의 지시에 따르며, 진료 결과에 대해 어떠한 이의도 제기하지 않을 것을 서약합니다.

"그렇다면 내 남쪽 침술 명의의 침 한번 구경하고 죽는 것도 나쁘지 않겠군."

차평재가 각서에 도장을 찍었다. 차평재의 의지는 놀라웠다. 비장은 본래 의지와 지혜를 주관하는 장기다. 그 장기에 암이 발생했다. 간장과 폐장으로까지 전이가 되었다. 그렇다면 의식도 또렷하기 힘들었다. 그럼에도 창창한 성격은 그의 평소 인품이 고매했음을 반증하고 있었다.

이날!

윤도는 더없이 신중했다. 우선 방 안 온도부터 최적으로 맞췄다. 그런 다음에 사인펜을 준비시키고 차평재의 옷을 벗겼다. 진맥과 함께 백회혈과 양지혈, 족삼리와 중완, 관월혈에 호침을 꽂았다. 암의 병소를 적확하게 찾으려는 것이다. 여기서 기혈의 파동을 맞추면 병소가 있는 경락으로 들어가는 까닭이었다.

'그래… 거기……'

암 덩어리들이 감지되기 시작했다. 그 부근의 혈자리에 사인펜 표식을 남겼다. 정확히 가두고 박멸을 해야 했다. 그러자면 어느 혈문 하나라도 놓치면 끝장이었다. 이 시침에 환자의 운명이 달려 있다. 말쑥하게 몰아내면 회복이 되겠지만 일부라도 놓쳐 다른 곳에 싹이 트면 회복할 길이 없었다.

'후우!'

날숨과 함께 표시가 끝났다. 췌장과 간, 폐, 그리고 이마와 어깨의 암세포 부위였다.

첫 시침은 삼초를 위한 침이 들어갔다.

사람의 기는 어릴 때 하초에 가득하다. 그래서 아이들은 겅중겅중 쉴 새 없이 뛰고 달린다. 이런 걸 모르고 얌전히 지내라고 하면 입맛을 잃는다. 건강도 잃을 수 있다.

그 기는 중년이 되면 중초로 올라온다. 마지막에 노년에는 상초의 머리로 온다. 그런 까닭에 노인들은 하체에 힘이 없다. 재미난 건 무거운 짐을 지고는 오래 버티지 못하지만 아이를 업으면 오래토록 끄떡없다는 사실. 아이 하초의 기를 받는 까닭이다. 동시에 노인들은 잔소리가 많아진다. 팔다리에 힘이 없으니 자신이 할 수는 없고 대신 잔소리를 쏟아내는 것이다.

첫 시침은 명문혈에 들어갔다. 간단히 들어가지만 사실은 굉장한 안배가 있었다. 차평재의 몸 상태 때문이었다. 윤도의 신침이 알아서 조절하기에 가능하지만 일반적인 시침이라면 침을 놓는 사이에 사망할 수도 있었다.

거기서 상초의 기를 끌어 내리고 족삼리혈로 옮겼다. 중초까지 내려온 기를 하초로 당겼다. 그런 다음 격수혈로 올라가 하초의 기를 퍼올렸다. 상초에 찌든 기의 순환이었다. 네 바퀴쯤 돌자 기의 순환이 그럭저럭 느껴졌다. 느리지만 기는, 이제 상초에만 맴돌지 않았다.

환자를 두고 약침을 만들었다. 다행히 탕약기가 있었다. 약쑥도 있고 항암 성분을 지닌 버섯들도 있었다. 한국산보다 약성이 좋았다. 그 또한 차평재 집안의 내력 덕분이었다.

약성이 좋은 것을 가려 중탕을 했다. 중탕에 중탕을 거듭해 엑기스를 뽑았다. 그럭저럭 좋은 약침이 되었다. 이제 준비운동은 끝났다.

"기분 어떠세요?"

윤도가 물었다. 차평재의 긴장을 풀어주기 위한 포석이었다.

"좋군요. 침놓는 모습이 보기 좋소. 꼭 내 아버지가 몰입하던 모습이랄까?"

"일단 꼬리부터 자르겠습니다."

암세포를 녹이기 위한 첫 침은 이마로 들어갔다. 아시혈이었으니 그대로 암세포 부위였다. 그다음부터 윤도의 손은 신선의 손처럼 우아하게 움직였다.

수태음폐경으로 가 천부혈과 협백혈을 찔렀다. 차평재의 눈자위가 사뿐 경련했다. 찾기 어려운 두 혈을 한 방에 찌른 윤도였다. 짜르르 침감이 오는 것으로 보아 최적의 포인트에 들어갔다. 차평재이기에 그걸 알았다.

'아아……'

차평재가 홀로 숨을 몰아쉬었다. 윤도의 모습 속에서 아버지의 모습이 아른거린 것이다. 침을 놓는 순간 혈자리와 일체가 되던 아버지 차상광… 바로 기도환의 첫 제자…….

차평재가 무엇을 생각하든 윤도는 그저 무아지경이었다. 천부혈에서 바닥난 천기를 끌어 올렸다. 협백혈에서는 그 천기로 폐세포에 힘을 주었다. 다음으로 척택혈과 태연혈을 잡았다. 척택은 폐의 기가 모이는 연못. 썩은 물을 비우고 새 물을 채우는 것이다.

물…….

물은 쉽게 차지 않았다.

천기를 관리하는 천부혈 때문이었다. 오래 전에 고갈된 천기. 역시 요혈의 자극만으로는 약했다. 거기서 꺼내 든 게 망침이었다.

망침!

그건 차평재가 쓰던 것이었다. 중국 상무위원을 찌른 것보다 길었다. 그걸 집어든 윤도, 한치의 주저와 의심도 없이 암세포가 자라는 좌측 폐의 아시혈 가까이로 밀어 넣었다.

"……!"

차평재는 눈을 의심했다. 망침이었다. 다른 곳도 아니고 폐였다. 자칫 실질세포를 건드리면 사망이라는 치명적인 의료사고가 날 수 있는 곳. 그런 부위조차 거리낌 없이 들어가는 윤도의 망침.

"……?"

더 놀라운 건 느낌이었다. 마치 인체에 시원한 바람구멍을 내준 것 같았다. 수십 년 닫힌 갑갑함이 빠져나가고 상큼한 바람이 들어오듯 폐세포 사이가 싱그럽게 느껴졌다.

"……."

그러다 또 한 번 경악하는 차평재였다. 망침 때문이었다. 침은 흉곽으로 들어와 등을 뚫고 나와 있었다. 일침이혈이니 일침오혈이니 하는 신기는 차평재 또한 손에 익었다. 하지만, 몸통을 관통하는 투자침은 상상조차 못하던 그였다.

차평재는 전율했다. 침체(鍼體)가 폐 속에서 살아 움직이고 있었다.

침은 생물이다.

몸속에 들어가 온몸으로 병마와 싸워야 한다.

그걸 해내야 진정한 명의가 되는 것이다.

아버지의 말이 스쳐 갔다. 아버지의 침술을 볼 때마다 한없이 낮아지던 차평재. 그 아버지의 침술보다 더 숭고한 침술이 지금 눈앞에 펼쳐지고 있는 게 아닌가?

가닥…….

한 가닥.

두 가닥.

윤도의 망침은 폐세포를 흔들며 새 기운을 끌어들였다. 세포 하나하나에 생명을 깃들이는 것이다. 그것은 찌든 때에 달라붙어 분해하는 세제의 역할과도 다르지 않았다. 그럼에도 피 한 방울 나지 않는 신묘한 자침. 차평재에게 있어 윤도는 이미 인간이 아니었다.

윤도는 바람의 줄기처럼 망침을 뽑았다. 아프지 않았다. 침 끝에는 피 한 방울 묻지 않았다. 빵빵하게 분 풍선을 관통해 나온 바늘. 그러나 아무렇지도 않은 풍선. 그 신기가 윤도의 침에 있었다.

'차오른다.'

윤도는 여전히 혈자리에 집중했다. 이제야 폐 안에 천기가 모이기 시작했다. 기가 모이니 나머지 작동들은 자연스레 이어졌다. 폐에 생기가 돌기 시작한 것이다.

촤아아!

그것은 흡사 마른 대지에 내리는 단비와 같았다. 바짝 말라버린 폐포에 진기가 감돌았다.

철컹!

거기서 운문혈을 틀어막았다. 폐장의 암세포가 기세를 업고 다른 곳으로 가지 못하게 손을 쓴 윤도였다. 남은 두 침은 중부와 소상혈에 넣었다. 이런 질병을 다스림에 있어 중부혈을 뺀다는 건 있을 수 없는 일이었다. 소상혈은 임파에 전이된 암을 위해서도 필요했다. 이 혈은 임파의 우물혈로 불리기도 하는 까닭이었다.

'후우.'

낮은 날숨과 함께 이마를 쓸었다. 여학생이 손수건을 내밀었다. 그제야 여학생이 거기 있는 걸 알았다. 수건을 받아 이마의 땀을 닦았다. 땀 닦는 건 건성건성이었다. 윤도의 정신줄은 오직, 암세포를 겨눌 뿐이었다.

폐 경락은 견갑고부까지 관장하니 견갑골에 가지를 친 전이의 뿌리도 함께 관리가 되었다.

간경의 자침도 크게 다르지 않았다. 간은 비장에서 이어지는 영양분의 통로. 갈래 하나가 폐경의 천지혈에서 소통하니 기의 연합과도 같았다. 여세를 몰아 중봉혈, 여구혈, 중도혈로 간기를 확산시켰다. 마무리는 장문혈로 갈음하고 기문혈을 틀어막았다.

남은 건 이제 비경이었다. 차평재의 암이 시작된 곳. 근원이지만 기세는 가장 약했다. 새로운 영토의 확장, 즉 전이를 위해 기세를 간과 폐로 옮긴 까닭이었다. 하지만 뿌리다. 이걸 잡아야만 간과 폐의 전이 암, 나아가 전이를 시도 중인 이마와 어깨 견갑골의 흔적도 제압할 수 있었다.

'비장.'

잠시 비장을 생각했다. 비장은 특이한 장기다. 오장육부 중에서 오직 주기만 하는 곳이다. 어떻게 보면 어머니를 닮았다. 치료에 좋은 시간은 오전 9시부터 11시 사이.

이미 지났다. 그렇기에 그 시간대의 비장에 맞춰 자침해야 좋은 결과를 얻을 수 있었다. 대도혈과 삼음교혈, 혈해혈에 장침을 넣었다. 그런 다음 태백혈에 다향장침을 넣었다. 간경과 폐경, 그리고 비경 자체의 방향으로 들어간 삼향장침이었다.

태백은 비경의 원혈. 기를 조절하는 곳이니 심혈을 기울였다. 마지막으로 기문혈과 충문혈을 막아 암세포의 퇴로를 막았다.

'이제 수삼리와 양로혈인가?'

잠시 생각을 가다듬었다. 정신없이 달려온 자침. 하나하나 복기해 보고 두 침을 뽑았다. 암세포라는 악성 옹저의 뿌리를 뽑으려면 두 혈자리를 빼놓을 수 없었다. 합곡과 삼음교 역시 동원했다. 몸속의 좋지 않은 찌꺼기를 내보내는 데는 이 두 혈도 필요했다.

그리고…….

마침내 윤도의 장침에 약침이 찍혔다. 시작은 비장 그 자체였다. 사인펜으로 표시한 암세포의 자리. 침이 들어가자 매끈하고 단단한 무엇이 걸렸다. 암 덩어리는 강철과도 같았다. 실드라도 친 건지 미꾸라지처럼 미끄덩거리며 침 끝을 피했다. 이걸 제대로 관통해야 했다. 혹시라도 비장의 실질세포를 잘못 찌르면 목숨의 마감일을 앞당길 뿐이었다.

"……!"

"……?"

두어 번 침감으로 표적을 노리던 윤도, 어느 순간 손목에 스냅을 주었다. 장침은 암세포의 덩어리에 걸렸으나 만족스럽지 못했다. 결국 보조침을 동원했다. 암세포의 앞뒤에 넣어 고정시켰다. 그런 다음에 약침을 넣었다. 그제야 겨우 암 덩어리 하나를 관통하는 윤도였다.

두 번째부터는 조금 나았다. 그렇다고 해도 쉽지는 않았다. 침이 생물이라면 암세포는 동물이었다. 피하고 또 피하니 적중하기가 쉽지 않았다.

침들은 하나하나 화침이었다. 뜨거웠다. 손가락은 불덩이라도 보내려는 것인지 주인인 윤도조차 놀랄 정도의 화침을 작렬시켰다.

지직!

지직!

침이 들어가면 그런 소리가 들렸다. 암 덩어리 녹는 소리. 그러나 윤도 귀에만 들렸다. 이어진 자침은 간이었다. 거기서는 다섯 개의 장침이 들어갔고 망침 하나가 보태졌다. 간의 후면에 자리잡은 암 덩어리를 위한 망침이었다.

장침은 폐를 거쳐 어깨의 견갑골까지 빠짐없이 찔렀다. 안으로 암 덩어리 녹는 소리가 연주를 방불케 했다.

'녹아라. 아주 말쑥이⋯⋯.'

시침을 마친 윤도가 비틀 일어섰다.

"선생님."

놀란 여학생이 소리쳤다.

"쉬잇."

윤도가 여학생을 안심시켰다. 벽에 기대 차평재를 바라보았다. 시선을 맞춘 그가 잔잔하게 웃었다. 그 역시 필생의 사투를 벌이고 있다. 하지만 조금도 흔들리지 않는 눈빛이었다.

'관운장⋯⋯.'

윤도 뇌리에 고사가 스쳐갔다. 먼 옛날 화타의 전성시대. 화타는 팔에 화살을 관통당한 관우의 치료에 불려갔다. 관우는 살을 째고 치료하는 고통을 고스란히 참아냈다. 화타조차 감탄하는 인내심이었다.

"드세요."

여학생이 물을 내밀었다. 그걸 받아 단숨에 마셨다.

"선생."

차평재가 고요히 운을 떼었다.

"불편하십니까?"

"그게 아니고 방금 그 침술… 이름이 있소?"

"그런 건 아닙니다만……."

"그렇군."

차평재가 고개를 한번 끄덕였다. 뭔가 할 말이 있는 듯한 표정. 하지만 이런 상황에서 꼬치꼬치 캐물을 마음은 없는 윤도였다.

그때 현관 쪽에서 소란이 일었다. 윤도가 여학생을 바라보았다. 여학생이 나갔다. 잠시 후 문을 연 건 여학생이 아니라 방수용이었다. 그 뒤로 낯선 군관 셋이 보였다. 살벌한 표정이었다.

"……!"

현관으로 나온 윤도가 소스라쳤다. 느닷없는 비보였다.

서해 바다의 NNL에서 사고가 터졌다. 북한 병사의 월남 사건이 전격 발생한 것이다. 소형 어선을 타고 NNL로 월남을 시도한 북한군의 두 하사관. 북한 해군 함정이 출동해 총탄을 퍼부었다. 어선이 NNL을 넘음으로써 한국 해군이 응사에 나섰다. 교전의 와중에 북한 해군 함정이 암초와 충돌해 전복되었다. 한국 해군은 즉각 구조 활동에 나서 승조원 8명 전원을 구조해 뒤쫓아온 북한 함정에 넘겼다. 더 이상 충돌 없이 현장 교전은 마무리가 되었다.

하지만 이후가 문제였다. 북한은 NNL을 넘은 북한 병사의 송환을 요구했지만 거절당했다. 설상가상으로 전복된 함정의 함장이 사망했다. 총상은 아니었지만 사망은 사망이었다.

특사 밀담이 한창 진행되던 중이었다. 잘나가던 회담은 거기서 결렬되었다. 결국 윤도에게도 호텔 귀가 특명이 떨어진 것이다.

"방 비서님……."

윤도는 황당했다. 차평재에게 혼신의 시침을 하던 참이었다. 아직 끝난 게 아니었다. 그런데 사태는 시침을 마치는 것조차 허락하지 않았다. 제아무리 방수용이라고 해도 격앙된 당의 명령에 따르지 않을 수 없는 상황이었다.

"일단 돌아가 계시오."

방수용의 목소리는 한없이 무거웠다.

"방 비서님……. 이건 진료입니다. 전쟁 중에도 의사의 진료는 허용되는 것으로 알고 있습니다."

"갑시다."

군관들이 윤도 팔을 끌었다. 방수용은 말리지 못했다. 남측 대표단에 대해 연금령이 떨어진 이상 어쩔 수가 없었다.

"그럼 침은 일단 그대로 두십시오. 그대로……."

윤도는 군관들에게 이끌려 집을 나섰다. 대문 앞에는 무장

군인들이 서 있었다. 윤도가 입을 닫았다. 여기는 북한, 확실한 비상 사태였다.

"방수용 비서의 외사촌 형을 치료하다 왔다고요?"

호텔로 돌아오자 김광요가 물었다. 한국 대표단은 한 방에 모여 있었다.

"예… 일이 어떻게 되고 있는 겁니까?"

"우리도 자세히는 모릅니다. 다만 서해 NNL에서 교전이 있었다는 것과 그로 인해 북한군에 전사자가 나왔다는 것……."

"……."

"상황이 심각해요. 하지만 자세한 상황을 알 수 없으니 미치겠군요. 자칫하다가는 여기서 볼모가 되는 거 아닌지 모르겠습니다."

박상직 의원의 목소리는 더 무거웠다.

"뭐 그렇게까지야 하겠나? 우리가 여기 들어온 건 남북 고위층만 아는 사실인데……."

"하지만 사상자가 났다지 않습니까?"

"이거야 원. 우리 정부와 연락할 방도가 없으니……."

오병길의 한숨도 한없이 깊었다.

"아무튼 일단 자중하고 계셔야겠습니다. 아까 이쪽 정보부 친구들에게 슬쩍 들은 이야긴데 사고로 죽은 함장이 당 실력자의 아들인 데다 북한 지도자가 주목하던 군관이라는 말이 있습니다."

"......?"

김광요의 말에 모두가 소스라치고 말았다. 그건 굉장히 나쁜 소식이었다.

시간이 흘러갔다. 객실로 돌아온 윤도는 창밖을 내다보았다. 그러고 보니 객실이 감옥이다. 북한이라는 곳을 너무 쉽게 생각한 것 같았다. 위험성이 도사리고 있다는 생각을 간과했다. 고위층의 초청이니 큰 문제가 있으리라 생각하지 않은 까닭이었다.

하지만, 그런 위험보다 더 갑갑한 건 차평재의 상황이었다. 침을 꽂은 채 나왔다. 치료의 끝을 보지 못한 윤도였다. 그건 한의사로서 잊어버릴 일이 아니었다.

물론 윤도가 거기 있다고 해도 침을 뽑지 않았을 것이다. 침은 하루나 이틀 정도 넣어둘 생각이었다. 하지만 순간순간의 기세를 살펴 조절할 필요가 있었다.

그런데 일이 틀어졌다. 이제는 정말 차평재의 목숨은 하늘에 맡기는 수밖에 없었다. 그런 상황이 더 답답한 윤도였다.

두 시간 후, 방수용 쪽에서 연락이 들어왔다. 호텔로 오고 있다는 전갈이었다. 그가 도착했다. 공항에 배웅을 나왔을 때와는 분위기가 달랐다. 그는 서경세가 아니라 군관들의 호위를 받고 있었다. 살벌한 분위기는 호텔 접객원들에게도 감지되었다. 그들 역시 소소한 응대를 일절 거절하고 있었다.

방수용은 김광요, 오병길과 먼저 만났다. 윤도는 방 안을 서성거렸다. 어떤 주체가 되지 못한다는 거 이렇게 애간장이 타는 일이었다.

똑똑!

답답한 마음이 가득할 때 노크 소리가 들렸다. 방수용이었다.

"방 비서님."

"이거 채 선생께는 미안하게 되었습니다."

방수용이 담담하게 말했다.

"어떻게 되고 있는 겁니까?"

"우연찮게 불미스러운 일이 일어났어요. 하필이면 우리 측 희생자 장교가 지도자 동지께서 아끼던 소좌 동무라 특사 회담을 이어가기 어렵게 되었습니다."

"그럼 외사촌 형님의 치료는?"

"그게… 지금 이런 마당이라 내 외사촌의 치료를 언급할 분위기가 못 되는군요."

"침은 아직 뽑지 않으셨죠?"

"그렇긴 합니다만 돌아가면 뽑아야 할 거 같습니다."

"이렇게 중단한단 말입니까?"

"사망한 소좌의 아버지가 제 지인이기도 합니다. 아들 잃은 슬픔이 큰 사람에게 외사촌 형님 치료를 위해 남한 대표들을 붙들어두겠다는 말을 할 수가 없습니다."

"……."

"운명이군요. 그나마 사망자가 별다른 외상 없이 죽은 게 다행입니다. 만약 남쪽으로 간 병사들처럼 총알에 맞아 벌집이 되었다면 채 선생과 남쪽 대표들의 안위조차 보장하기 어렵게 되었을 겁니다."

"방 비서님……."

"우리 의료진이 헬기로 실어와 최선을 다해보았는데 결국 숨통을 트는 데 실패했다고 합니다. 그 군관이 살아만 났어도 문제가 다를 수 있었는데… 그나저나 이거……."

방수용이 침통을 꺼내 보였다. 경황이 없어 차평재 집에 두고 온 침통이었다.

"외상이 없다면 심장마비입니까?"

"자세히는 모르겠습니다. 일종의 쇼크라고… 그렇잖아도 원로 의료진께서 저희 외사촌 형님 이야기를 하더군요. 차평재가 건재하면 살려낼 수 있을지도 모른다는……."

"쇼크? 방금 몸은 깨끗하다고 하셨죠? 총상 같은 것도 없고요?"

윤도가 물었다.

"그렇게 들었습니다."

"죄송하지만… 제가 그 소좌의 사체를 좀 볼 수 있을까요?"

"채 선생이요?"

"총상도 아니고 쇼크라면… 혹시라도 살릴 길이 있을지 몰라서 그럽니다. 차평재 선생님도 그런 적이 있다면서요?"

"하지만……."

"저는 안 된다는 겁니까? 잘하면 많은 걸 살릴 수 있는 기회가 될지 모릅니다. 우선은 죽은 소좌를 살리고, 차평재 선생님도 살리고, 겨우 불씨를 틔운 남북 관계도 살리고요."

"……?"

"밑져야 본전 아닙니까? 거기 원로 의사가 차평재 선생님을 거명했다면 저를 보내주십시오. 이게 운명이라면 제가 그 군관을 살려낼 수 있을 겁니다."

"채 선생……."

"시간이 없습니다. 한시가 급해요."

"이… 이거……."

"방 비서님."

"……!"

잠시 고뇌하던 방수용이 군관을 돌아보았다.

"김 중좌, 리한웅 동무가 지금 부검 준비 중이라고 했지?"

"그렇습네다."

"병원에 전화해서 20분만 미뤄달라고 해."

"예?"

"내 말 못 들었나? 20분!"

방수용이 잘라 말했다. 수령의 신뢰를 받는 서열 10위권의 방수용. 그 정도 말발은 먹혔다.

"안 돼."

하지만, 한국 대표 오병길의 판단은 달랐다. 공연히 사태를 악화시킬 수도 있으니 저들의 권유대로 철수하자는 주장이었다.

"반전을 이끌어낼 수도 있습니다."

윤도가 항변했다.

"반전도 반전 나름이지. 죽은 사람을 살린다는 게 말이 되나?"

"죽은 사람이 아니라 죽지 않았으면 살리겠다는 겁니다."

"아무리 북한이라고 해도 막 볼 의술은 아니라오. 죽은 자와 산 자도 구분을 못 하겠소?"

"사망 군관에게 외상이 없다고 들었습니다. 배가 전복되어 바다에 빠졌으니 찬 바닷물에 심장이 정지되었을 수도 있습니다. 아니면 월남자를 놓쳤다는 분개심에 화가 치밀어 기통(氣桶)이 박살 났을 수도 있고요. 그런 쇼크사라면 길이 있습니다."

"채 선생."

오병길의 목소리가 묵직하게 변했다.

"예?"

"뭘 착각하고 있나본데 이 밀담의 주제는 남북 의료 교류가 아니라오. 게다가 이 대표단의 대표는 이 사람이고. 나는 우리 모두의 안전을 위해서라도 찬성할 수 없소."

"실망이군요. 저는 지금 의료가 아니라 남북 교류의 숨통을 잇기 위해 가겠다는 겁니다. 이대로 내려가면 언제 또 이런 기회가 오겠습니까? 게다가 이 사고가 터지기 전까지만 해도 분위기가 좋았다면서요?"

"뭐라고?"

"다시 반전할 수 있는 기회입니다. 그렇지 않습니까?"

윤도의 시선이 오병길을 겨누었다. 한 치의 흔들림도 없는 신념. 그건 고조된 오병길도 감당하기 쉽지 않았다. 결국 오병길이 고집을 꺾었다.

"조심하시게. 절대 무리하지는 말고."

김광요의 당부를 곱씹으며 윤도는 군관의 차량에 올랐다.

11. 편작 재림—기사회생 재현

끼익!

20분쯤 후, 차량이 병원에 도착했다. 평양 소재의 인민병원이었다. 미리 연락을 받은 군관들과 당 지도부 인사들, 사망 소좌의 부친이 나와 있었다.

"이분입니다."

방수용이 사망자의 부친에게 말했다. 인민복을 입은 리수창은 칼날 같은 각이 선 얼굴이었다.

"당신이 인민 영웅 차평재 의원에 버금가는 침술을 가졌다고?"

리수창이 물었다. 윤도는 가만히 고개를 숙여 보였다.

"……."

"……."

윤도와 리수창의 눈빛이 허공에서 충돌했다. 윤도는 눈빛을 거두지 않았다. 리수창은 사망자의 아버지. 그의 허락 또한 필요한 상황이었다.

"방수용 동무?"

"제가 본 바로는 그렇습니다."

리수창의 질문에 방수용이 보증을 서주었다.

"좋소."

리수창의 허락이 떨어졌다.

딸깍!

병실 문이 열렸다. 수술대가 보였다. 그 위에 흰 천을 두른 시신이 있었다.

"이 사람이오. 리한웅 동지."

의사가 천을 벗겨주었다. 정말이지 사체 외관은 더 없이 깨끗했다. 핏기가 가시긴 했지만 얼핏 보면 잠든 얼굴로 봐도 좋을 것 같았다. 정확한 사인을 위해 부검을 준비 중인 시신. 부검에 들어가지 않은 게 다행이었다.

심장은 뛰지 않았다.

팔다리는 싸늘했다.

얼굴은 검푸르게 보였다.

서둘러 맥을 잡았다. 오른 손목의 촌맥에서 폐와 대장의 맥을 짚었다. 관맥에서는 비장과 위장을 체크. 척맥에서 신장의 맥을 기다렸다. 손목에는 맥의 흔적이 나오지 않았다.

'고귀한 사람은 양 손목의 맥이 없는 법.'

조바심을 위로하며 목으로 옮겨갔다. 인영맥에도 맥은 나오지 않았다. 아래로 가서 발을 문질러주었다. 그런 다음 발목 안 쪽의 태계혈과 발등의 충양혈맥을 잡았다. 삶의 근본인 신장을 상징하는 태계혈, 기의 원천이 되는 위장의 충양혈… 거기 실오라기 맥만 남아도 장침 출격은 가능했다.

"……."

없— 다.

투둑!

희망 끊어지는 소리가 들렸다. 혹시나 바라던 작은 희망. 가깝게는 사망한 소좌와 차평재, 그리고 남북 정상화까지 살리고 싶었던 윤도… 큼 헛기침을 하고 한 번 더 시도에 들어갔다.

태계혈……

충양혈……

온몸의 진기를 더해보지만 세맥조차 걸리지 않았다. 안타까웠다. 삶의 심연 저 깊은 곳… 죽음으로 가는 그 지난한 길… 그저 한줄기 세맥만 이 세상에 걸쳤어도 잡아보련만.

'삼세판……'

기왕 온 걸음이니 한 번 더 수고를 했다.

없— 어.

안타까움이 한 번 더 무너질 때였다. 누군가 거칠게 병실 문을 박차고 들어섰다.

쾅!

순간 지진이라도 난 듯 진료대까지 흔들렸다.

'응?'

손을 떼려던 윤도가 다시 태계혈을 짚었다.

"이봐, 방수용 동무. 한국 대표로 온 한의사를 데려왔다고?"

정치국 상무위원이라는 한길상이 핏대를 올렸다. 그는 이 상황이 마음에 들지 않는 표정이었다.

"다들 뭐 하는 짓이오? 당장 데리고 나가라우."

상무위원의 기세는 무서웠다. 나중에 안 일이지만 그는 북한 내 서열 4위의 막강 권력자였다. 방수용이 10위권이었으니 천지 차이의 권력이었다.

그런데……

거기서 윤도가 나지막이 속삭였다.

"잠깐만요."

"뭐라? 저 동무가 지금 뭐라는 게요?"

상무위원이 목청을 높였다. 하지만 윤도의 촉감은 온통 시체에 있었다. 미세한… 아주 미세한 맥이 잡힌 것이다. 그러나 문의 진동 때문일 수도 있는 일. 다시 한번 진맥을 잡는 윤도였다.

'맥……'

윤도는 숨을 쉬지 않았다.

'제발……'

눈도 깜빡이지 않았다.

'나노 크기의 숨결이라도……'

침도 넘기지 않았다.

"이봐!"

다가선 한길상 상무위원이 윤도의 목덜미를 잡는 순간, 자신도 모르게 손을 밀어내며 하체를 확인했다. 고환이었다. 고환은 줄어들지 않았다.

"건방진!"

화가 난 상무위원의 얼굴이 일그러질 때 윤도가 벼락처럼 소리쳤다.

"죽지 않았습니다. 살릴 수 있습니다!"

살릴 수 있습니다.

"……!"

윤도의 한마디… 그 한마디가 한길상을 얼어붙게 만들었다.

"살릴 수 있다고요."

윤도의 외침에 병실은 초토화가 되고 있었다.

리한웅의 사망 원인은 쇼크였다. 쇼크 자체는 맞았다. 기가 막혀서 생긴 기통(氣痛)이 숨통을 막아버린 것이다. 그럴 만한 사정이 있었다. NNL을 넘어간 북한 병사의 하나가 리한웅이 데리고 있던 부사관이었다. 현재는 다른 함정으로 배속된 상황이지만 기가 막혔다. 배신감이 등짝을 쳤다.

'간나 새끼!'

지도자의 관심을 받으며 충성심에 불타는 리한웅. 번개처럼 출동해 배신자들에게 총탄을 안겼다. 걸레가 된 시신을 지도자에게 바치고 싶었지만 한국 해군이 출동했다. 코앞에서 그들을 놓치고 말았다. 분노와 광기가 그의 육체를 장악했다. 그렇게 기통이 폭발하고만 리한웅이었다.

그렇게 가사 상태가 되었다 숨을 쉬지 않으니 사망이었다. 30분, 1시간이 지나도 그랬다. 덕분에 산 채로 해부가 될 판이었다.

이 상황은 전설로 내려오는 편작의 기사회생과 닮았다. 편작도 이와 유사한 경우로 곽나라의 태자를 살렸다. 태자가 죽은 지 한나절 안쪽이었다. 편작은 삼양과 오회에 침을 놓아 관 속의 태자를 일으켜 세웠다. 그야말로 기사회생이었다.

몸속의 기는 신기하다 못해 신묘하다. 양기와 음기. 그것들은 자신의 역할이 있다. 몸 안에서 조화를 이루며 오장육부를 돌본다. 하지만 리한웅의 경우에는 음양의 조화가 한순간에 망가졌다.

펑!

음양의 기통에 펑크가 난 것이다.

다행히 양기가 음기 속으로 들어갔다. 이게 뒤집혀 음기가 양기 속으로 들어갔다면 이 솜털 같은 목숨 줄마저 끊겼을 일이었다.

윤도의 장침이 순식간에 움직였다. 삼양혈과 오회혈에 침이 들어갔다. 그 마지막으로 백회혈을 꽂아 생명의 기를 부르자 오장에서 화답이 왔다.

꿀럭!

리한웅의 복부가 출렁거린 것이다.

"상무위원 동지."

고위 당원들과 군관들이 소리쳤다.

"쉬잇!"

방수용이 그들의 소란을 막았다. 그사이에도 윤도의 기 조율은 쉬지 않았다. 침감으로 저승 앞에 도착한 오장육부를 되돌리는 것이다.

꿀럭!

한 번 더 반응이 왔다. 이제는 손가락도 꼼지락거렸다.

"누가 닭털 하나 준비해 주세요. 날개나 꼬리털로."

윤도가 소리쳤다. 방수용이 턱짓을 하자 군관 둘이 밖으로 나갔다. 돌아온 군관들의 손에는 닭털이 들려 있었다.

'후우!'

털을 받아 든 윤도가 숨을 골랐다. 그리고 닭털로 리한웅의 목젖을 간질였다.

"이보라우."

상무위원 목소리가 끼어들었지만 개의치 않았다.

한 번.

두 번.

세 번.

다시 네 번째 간질일 때였다. 리한웅의 몸이 확 경련하는가 싶더니 쿠에엑 토악질을 뱉어냈다.

"우엑우엑!"

토악질은 두세 번 더 이어졌다.

"살았습네다! 리한웅 동무가 살았습네다!"

군관들이 동시에 외쳤다.

"채 선생!"

방수용이 윤도 팔을 잡았다. 윤도의 시선은 한길상에게 건너갔다. 그는 큼큼 헛기침을 하며 고개를 돌렸다.

"기적입니다."

군의관이 중얼거렸다.

"기적이 아니라 침술일세. 명의의 침술……."

방수용이 그 말을 정정해 주었다. 그는 벌써 두 번째 겪는 일. 지난날 차평재가 고위층을 살릴 때와는 또 달랐다. 윤도 쪽의 난도가 더 높았고 더 극적이었다.

"방수용 동무."

상무위원 한길상이 방수용을 바라보았다.

"예, 동무,"

"당신 판단이 옳았소. 내 주석 동지께 연락하리다. 굉장한 치하가 있을 것 같소이다."

상무위원이 방수용에게 손을 내밀었다. 잠시 격앙되었던 분위기가 해소되는 순간이었다.

리한웅.

그는 기사회생과 동시에 영웅으로 포장되었다. 조국을 배신한 병사를 추격해 총탄을 안겨주고 사망 직전까지 간 군관. 애당초 지도자의 눈에도 들었던 관계로 포상이 가능했다. 북한으로서도 나쁘지 않았다. 조국을 배신하면 불벼락 응징을 한다는 본보기로 삼을 만했다.

윤도는 병원 당직실로 보내졌다. 밤이 늦었지만 그보다는 북한 측 인사들의 회의가 바쁜 탓이었다. 방수용도 이제 보이지 않았다. 시계를 보니 첫새벽이었다. 몸은 천근만근이지만 그렇다고 잠을 잘 수도 없었다.

'차평재.'

의자에 앉아 차평재 생각을 했다. 평양의 밤은 길었다.

이른 아침, 문 열리는 소리에 눈을 떴다. 깜빡 졸았다. 들어온 사람은 방수용이었다.

"방 비서님."

"좀 쉬었소?"

"예……."

"미안합니다. 아래위로 의견 조율 할 게 많다보니 채 선생 챙길 여유가 없었습니다."

"괜찮습니다만 차 선생님이⋯⋯."

"어쩌면 곧 갈 수 있을 거 같습니다."

"그래요?"

"하지만 그 전에 할 일이 생겼습니다."

"왜요? 깨어난 환자 상태가 안 좋습니까?"

"아니오. 리한웅 동무도 정신이 들었습니다."

"그럼?"

"지금 우리 주석 동지께서 와계시오."

"예?"

윤도가 고개를 들었다. 주석이라면 북한의 최고 지도자. 그가 여기 와 있다고?

"지도자 동지께서 보고를 받으시더니 채 선생 보기를 원하고 있소."

"⋯⋯!"

윤도 뇌리에 벼락이 내리꽂혔다. 한국과는 아주 다른 북한의 권력층. 모두가 베일에 싸인 풍경인데 그중에서도 최고 지도자가 윤도를? 골똘할 사이도 없이 방수용이 윤도를 재촉했다.

"갑시다. 우리 지도자 동지는 기다리는 걸 좋아하지 않습니다."

"……."

"왜? 겁납니까?"

"겁은 아니지만……."

"걱정 마세요. 채 선생을 치하하려는 겁니다."

방수용이 문을 가리켰다. 복도에는 이미 호위총국 병사들이 날렵한 호위진을 치고 있었다.

"이어, 채윤도 선생!"

윤도가 병실에 들어서자 우렁찬 목소리가 들렸다. 그였다. 방송에서 보고 또 보던 북한의 지도자. 그가 성큼 다가와 손을 내밀었다.

"악수하세요. 우리 지도자 동지입니다."

방수용이 주의를 환기시켰다. 윤도가 손을 내밀어 지도자와 악수를 나누었다.

"이 손이 신의 손이로구만. 죽은 우리 리한웅 동지를 침 한 방으로 살렸다고?"

"예……."

"잘했소. 내가 상을 줘야겠군."

"……."

"방 동무."

"예."

"채 선생에게 차평재 선생 시침을 부탁하고 있다고?"

"예……."

"그럼 얼른 모셔가서 진료받게 하시오. 누가 아오? 저기 리한웅이처럼 우리 민족 영웅 차평재 선생이 훌훌 털고 일어나실지."

"예……."

"채 선생."

지도자의 목소리가 다시 윤도를 겨누었다.

"차평재 선생을 잘 부탁하오. 만약 차 선생까지 회복시켜 준다면 내가 당신들, 남에서 온 대표단을 만나줄 용의도 있소."

"……?"

"가보시오."

지도자가 리한웅을 향해 돌아섰다. 침대의 리한웅이 윤도를 향해 거수경례를 붙여왔다. 그 표정은 한없이 비장하다. 말을 나눌 기회가 없기에 경례로 보내는 은혜의 보답이었다.

부웅!

방수용의 차량이 병원 정문을 나섰다. 방수용은 한국 대표단에 전화를 걸었다.

"예, 예… 그러니까 채 선생이 리한웅 소좌를 살렸습니다. 덕분에 분위기가 좋아져서 회담이 계속 진행될 듯합니다. 그러니 준비하고 계시고… 채 선생은 저와 함께 있으니 염려 마시기 바랍니다. 채 선생."

통화하던 방수용이 전화기를 넘겨주었다.

수화기에서 김광요 차장보의 목소리가 흘러나왔다.

―채 선생!

"예……."

―기어이 죽은 사람을 살린 겁니까?

"하늘이 도와 다행히 잘되었습니다."

―이야, 이거 정말…….

"저는 잠깐 또 다른 진료가 있어서……."

―그러세요. 이 소식을 오병길 대표께 전하겠습니다. 정말
수고 많았습니다.

전화는 그렇게 끊겼다. 작은 도로로 접어든 차량이 속도를
올렸다. 방수용은 거푸 엄지를 세워 보였다. 하지만 윤도 눈에
는 잘 보이지 않았다. 윤도 머리 안에 든 한마디 때문이었다.

"만약 차 선생까지 회복시켜 준다면 내가 당신들, 남에서 온
대표단도 만나줄 용의가 있소."

북한 지도자의 약속.

차평재를 회복시켜야 할 이유가 하나 더 생겼다.

12. 비기(秘記), 오장직자침법 득템

"채 선생님."

차평재의 대문 앞에 차가 멈추자 수란이 달려 나왔다. 방정
길도 있었다. 정길의 걸음은 거의 정상에 가까웠다.

"아버지는?"

방수용이 수란에게 물었다.

"……"

대답 없는 얼굴에 눈물이 그렁거렸다. 대답은 그냥 두고 안
으로 뛰었다.

"……!"

방문을 연 윤도, 그 자리에 걸음을 멈췄다. 꼬박 하룻밤을

넘어온 시간. 그럼에도 차평재는 갈 때의 모습 그대로였다. 그동안 엄청난 통증과 고통에 시달렸을 일. 그러나 미동도 없는 몸에서 그의 기품을 알 것 같았다.

"차 선생님."

옆에 앉으며 말문을 열었다.

"오셨군."

그가 고요히 대답을 했다.

"힘드셨죠?"

"아니, 견딜 만했소. 이보다 더 아픈 환자들도 많이 보았거늘."

"일이 있어 좀 늦었습니다. 다시 계속해 볼까요?"

"좋지요. 나는 이미 준비되어 있습니다."

차평재 입가에 미소가 스쳐 갔다. 극악의 병마와 싸우면서도 해탈할 수 있는 사람. 과연 한 분야의 대가다운 거두의 모습이었다.

윤도는 혈문부터 확인했다. 닫아둔 문들은 큰 문제가 없었다. 그런 다음에 약침을 갈았다. 췌장과 간장, 폐장… 그리고 견갑골과 이마의 암세포 덩어리들. 새로운 약침이 들어가자 차평재의 몸이 움찔 뒤틀렸다.

'참으세요.'

그 말은 하지 않았다. 그가 알아서 하니 윤도가 더하지 않아도 되었다.

암세포들의 발악이 느껴졌다. 무너지고 녹아나는 와중에 몇 무리가 혈류를 타고 부유했다. 하지만 갈 곳이 없었다. 혈 자리를 막은 까닭에 혈류는 멀리 나가지 못했다.

운명……

그걸 생각했다.

기도환이라는 이름에 엮여 만나게 된 차평재.

침이 그를 살리는 게 아니라 운명이 그를 살리는 것이다.

윤도는 차라리 겸허했다. 장침에 욕심을 더하지 않았다. 의 원으로서 최선을 다하고 나머지는 하늘에 맡기는 것. 그 겸허 함을 마지막 시침으로 삼아 치료를 끝냈다.

"아버지……"

문 밖의 여학생 수란이 거친 숨으로 조바심을 드러냈다. 윤 도 때문이었다. 그녀의 아버지 때문이었다. 둘은 한 몸이 되 어 늘어졌다. 윤도는 췌장의 암 부위에 직접 자침한 침을 잡 고 있었다. 그의 마지막 진기까지 모두 손가락에 실어버린 것 이다. 차평재도 잠이 들었다. 그 역시 버틸 만큼 버텼다. 비고 또 빈 탈진이었다.

"채 의원."

누군가 윤도를 불렀다. 윤도가 문득 고개를 들었다. 창문으 로 바람이 들어왔다. 오동나무 잎들이 한 보따리 쏟아졌다. 그걸 치우려고 집어 들자 잎이 그대로 침통이 되었다. 침통에 서 사람 하나가 걸어 나왔다. 장지커가 보여준 사진 속의 기도환이었다.

"채 의원."

그의 목소리가 안개처럼 밀려 나왔다. 피에 녹아드는 목소리였다.

"예……."

"오장직자침……."

"예?"

"배운 적 없건만 스스로 체득한 그 침법… 내가 간 길과 닮았노라."

"……?"

"내 그 탐구가 가상해 나의 비법을 전해주마."

'비법?'

"가지려 말고 비우거라. 침은 힘이 아니라 마음으로 놓는 것이니."

"……."

"거친 병소일수록 부드럽게… 침 끝이 아니라 마음 끝을 넣어라. 그래야 병소가 침을 받아들이는 법."

"……."

"다시 해보거라. 이제는 아주 편하게 할 수 있을 것이다."

"기 의원님."

"마무리를 해야지. 마지막 불씨를 꺼야지."

마무리를……

마지막 불씨를······.

그 말과 함께 윤도가 잠에서 깨었다. 윤도 손에는 장침이 하나 들려 있었다. 마무리··· 뭘 말하는 걸까? 기이한 인연에 홀리다 보니 개꿈이라도 꾼 걸까? 그렇게 생각하기에는 꿈이 너무 생생했다. 침을 내려놓고 진맥을 했다.

"······!"

거기서 윤도의 잠이 활짝 달아났다. 잔재였다. 약침이 꽂힌 그 아래. 감춰진 싹이 느껴졌다. 다시 장침으로 시선이 갔다.

기도환.

오장직자침.

장부의 환부를 직접 찔러 치료하는 절정의 침법. 꿈의 계시를 생각하며 침을 넣었다. 침감이 새로운 암 덩어리에 닿았다.

매끈.

암 덩어리가 침 끝을 피했다. 이번에는 힘을 주지 않았다. 바람결로 침을 놓는 듯 가볍게. 침은 새털처럼 암 덩어리 안으로 들어갔다.

"아!"

윤도 머리에 빛이 들어왔다. 자침이 너무나 자연스러웠다.

오장직자법.

단 한 방에 암세포 덩어리를 꿰뚫는 윤도였다. 오장직자침을 완전하게 체득한 것이다.

침을 잡은 채 시선을 돌렸다. 기도환의 침갑을 보았다. 착

각이라도 좋았다. 암시라도 좋았다. 하지만 그의 도움을 받은
건 분명했다.

침 하나를 더 꺼내 들고 약침을 묻혔다. 한 번 더 시도였다.
이번에도 원샷이었다. 작디작은 하나의 암세포에 두 개의 장
침을 꽂은 것이다.

'마무리를 했습니다.'

윤도가 침통을 향해 속으로 말했다. 기도환에 대한 보고였
다. 어쩐지 속이 후련해지는 것 같았다.

발침을 했다. 침을 뽑는 데만도 한 시간이 넘게 걸렸다. 차
평재는 잠이 들었다. 어쩌면 죽은 것처럼 보이기도 했다. 하지
만, 숨소리는 분명 있었다.

"기가 바닥이 났습니다. 장침으로 대략 기의 문을 열어두었
으니 푹 쉬시게 그대로 두시는 게……."

방을 나온 윤도가 방수용에게 말했다. 방수용은 수란을 그
방에 앉혀두었다. 식사가 나왔다. 칼칼한 장국이었다.

"고맙습니다."

식탁을 세팅한 차평재의 아내가 인사를 전해왔다. 방수용
과 더불어 식사를 했다. 다른 가족들은 이미 식사를 끝낸 눈
치였다.

"죄송하지만 방 비서님."

식사를 마친 윤도가 말문을 열었다.

"말씀하세요."

"우리 대표단에 전화를 할 수 있을까요? 너무 오래 혼자 떨어져 있게 되어서……."

"그러시죠. 그렇잖아도 방금 전에 남한 특사단이 2차 회담을 끝내고 호텔로 돌아갔다는 전갈을 받았습니다."

방수용이 핸드폰을 건네주었다. 전화 너머에서 김광요가 나왔다.

─괜찮습니까?

그는 윤도의 안부부터 물었다.

"예, 차장님은요?"

─채 선생 덕분에 유의미하게 회담이 끝났습니다. 언제 돌아오십니까?

"조금 더 걸릴 듯합니다."

─알겠습니다. 기다리고 있겠습니다.

김광요의 전화가 끝났다.

"남측 대표단의 공식 일정은 끝났습니다. 채 선생님이 호텔로 돌아가면 남한으로 가게 될 겁니다."

"네."

"아쉽군요. 생각 같아서는 여기 계속 머물게 하고 싶은데……."

"또 기회가 오겠지요."

윤도가 웃을 때 수란이 문을 열고 나왔다.

"선생님, 아버지께서 깨어나셨어요."

그 소리를 따라 윤도가 일어섰다.

"채 선생."

차평재의 눈은 한층 맑아져 있었다. 눈가에 가득하던 통증도 가셨다. 암세포를 녹여 버림에 따라 기가 바닥났지만 사기가 가득하던 때보다는 생기가 더 하고 있었다.

"기분 어떠세요?"

"오장에 봄 햇살이 들어온 기분이오. 아주 싱그럽소."

"암세포는 모두 녹아버린 듯합니다. 이제 서서히 기력만 찾으시면 될 것 같습니다."

"고맙소. 내 평생 다른 사람에게 침을 놓기만 했지 내가 이런 명침을 맞게 될 줄은 몰랐소이다."

"잘 참아주신 덕분입니다."

"그런데……."

"말씀하시죠."

"궁금한 게 하나 생겼소. 자침을 보다보니 망침이 분명 내 장기를 관통하고 나갔소이다. 맞습니까?"

"맞습니다."

"약침은 혈자리가 아니라 환부에 직접 찔렀소. 맞습니까?"

"맞습니다."

"그렇다면 채 선생께서 오장직자침을 익힌 겁니까? 병소직화침이라고도 불리는 그 신법을?"

"차 선생님께서는 그걸 아시는군요?"

"모른다는 겁니까?"

"호텔에 비치된 한의학 책자에서 단어를 보았습니다. 지은이가 차상광이더군요."

"그분이 바로 기도환의 유일한 제자라오. 동시에 내 아버지이기도 하고……."

"이제야 드리는 말씀인데 기도환의 유일한 제자는 아닙니다. 제가 일전에 한국의 침술 워크샵에서 중국 명의 장지커를 만났는데 그분 역시 중국 항주에서 기도환의 침술을 전수받았다고 했습니다."

"중국?"

"예."

"그걸 어떻게 믿습니까? 우리 선친께서도 겨우 제자가 되었을 만큼 제자 들이길 꺼려하는 분이신데……."

"그분도 이 침통을 가지고 있었습니다."

윤도가 침통을 들어 보였다.

"맙소사. 그럼 채 선생은 기도환의 흔적을 모두 만난 셈이군요. 두 제자와 기도환 그 자신이 쓰던 침통에 그분이 침술을 펼치던 한의원……."

"그렇게 되는군요."

"그래서 그럴까요? 채 선생이 아까 내게 펼친 신묘한 침술. 인간의 몸으로 침이 들어가 병소를 직접 치료하는 오장직자침은 바로 기도환 선생께서 우리 아버지께 보여주신 신법이라오."

"……!"

차평재의 말에 윤도가 출렁 흔들렸다.

"그게 실제로 있는 침법이란 말씀입니까?"

"그럼요. 나는 몇 번이고 들은 것이오. 기도환은 그 비법을 우리 아버지에게도 잘 보여주지 않았다고 합니다. 잘못 시도하다가는 사람 목숨을 끊을 수 있기 때문이지요. 우연히 보게 된 내 선친도 그 기법을 익히기 위해 노력했지만 끝내 통달하지는 못했습니다. 그런데 그걸 채 선생이……."

"……."

"선친이 스승의 뜬구름 같은 신침법을 친필로 적어 내게 보여주기도 했지만 나 역시 역부족이었지요. 지금은 그 메모마저 선친의 한의원에 들락거리던 후학이 훔쳐가는 바람에 망실된 마당이고……."

"후학이 훔쳐갔다고요?"

"그래요. 그래서 선친이 지은 책자에도 이름만 실리고 있습니다. 훼손되지 않았다고 해도 득침하기 힘든 내용이지만요."

"……!"

"왜 그렇게 놀라시죠?"

"그 내용이 혹시… 오장육부와 새털 그림 아닙니까?"

"채 선생이 그걸 어떻게?"

차평재의 동공이 풍선처럼 커졌다.

"혹시 그 후학… 차 선생님도 아십니까?"

"그럼요."

"여기 있습니까?"

"아닙니다. 그 친구는… 십여 년 전에 탈북을……."

'탈북?'

"채 선생……."

"제가 그 사람을 서울에서 만난 거 같습니다. 나이는 50대였고 체구가 광대뼈가 많이 나오는……."

"맞아요. 이름은 노윤병입니다. 평양에서 한의학을 전공하다 중퇴를 했는데 선친이 그 재주를 아껴 침방에 데리고 있었지요. 하지만 품성이 좋지 않고 남한을 동경하는 바람에 아버지께서 내치고 말았습니다."

콰앙!

윤도 뇌리에 벼락이 스쳐갔다. 노숙자… 그러니까 그가 소지하고 있던 침법이 바로 기도환의 침법이었던 것이다.

그리고… 더욱 놀라운 사실, 그 실오라기 같은 침에 묻어 있던 혈흔…….

"허어, 이해가 되지 않는군요. 채 선생의 나이로 보아 만날 수 없는 기도환… 그런데 그의 신법이 채 선생 손에 있다니."

"실은 저도 알고 한 일은 아닙니다. 상황이 어려워 심혈을 기울인 일인데… 탈진해 잠든 후에 기도환 선생님을 만났습니다. 그때 그분께서 깨달음을 주셨습니다. 그러니까 처음에는 흉내에 불과했지만 이제는 감을 잡고 있습니다."

"득도로다!"

차평재가 무릎을 쳤다.

"득도야. 채 선생이야말로 하늘이 내린 한의요. 내 아버지와 내가 그토록 애를 써도 깨우치지 못한 비법을 저절로 배우다니……."

"맞습니다. 형님을 시침하기 전, 채 선생은 리수창 비서동지의 죽은 아들까지 소생시키고 온 참이었습니다."

거기서 방수용이 끼어들었다.

"리수창 비서의 아들을?"

"평양병원에서 사망 선고를 내린 지 2시간이 넘은 무렵이었죠. 지도자 동지께서도 친히 병원에 와서 큰 관심을 보였습니다."

"저런, 내 앞의 의원이 저승사자인 줄 알았더니 영락없는 편작이셨구만."

차평재의 눈 안에는 감탄과 경악이 쉴 새 없이 교차했다. 대물은 대물을 알아보는 법. 북한 한의학의 거두인 그였으니 윤도의 출중한 침술에 뒤집어지고 또 뒤집어졌다.

"이럴 게 아니라 지도자 동지께 전화를 해야겠습니다. 제가 걸어볼 테니 동지께서 받으시면 형님이 통화를 하십시오. 형님이 쾌차한 줄 알면 무척 좋아하실 겁니다."

들뜬 방수용이 전화를 걸었다. 그 태도는 방금 전과 달리 반듯하기만 했다.

"경애하는 지도자 동지, 저 방수용입니다."

전화가 차평재에게 넘어왔다.

―오, 인민의 영웅 차평재 동무!

수화기를 넘어오는 지도자의 목소리가 화통 같았다. 윤도는 가만히 자리를 비켜주었다.

"채 선생!"

잠시 후에 방수용이 뛰어나왔다.

"예."

"이거 뭐라고 말해야 할지… 우리 지도자 동지께서 채 선생을 만나겠다고 합니다. 지금 당장 대표단과 함께 주석궁으로 들어오라는데요?"

"……!"

의자에 앉아 있던 윤도가 벌떡 일어섰다.

약속.

그 약속이 스쳐갔다.

"만약 차 선생까지 회복시켜 준다면 내가 당신들, 남에서 온 대표단을 만나줄 용의가 있소."

북한의 젊은 지도자가 한 약속. 그게 현실이 되고 있는 것이다.

"남한 대표단에는 채 선생이 직접 전하시오. 그들도 내심

지도자 동지를 만나고 싶어 했으니 희소식 중의 희소식이 될 겁니다."

방수용이 핸드폰을 건네주었다. 전화를 받아 든 윤도는 숨도 제대로 쉬지 못했다. 느닷없는 돌발 사고로 안전조차 보장받지 못할 것 같던 살벌한 분위기. 그 분위기를 깨고 주석궁의 초대를 받았다.

김광요에게 전달한 윤도가 전화를 끊었다. 귓가에는 흥분한 김광요의 목소리가 오래 남았다.

―으아악, 이런 기적이… 채 선생, 정말 수고했어요. 정말!

13. 그가 잡으면
젓가락도 명침이 된다

"채 선생."

호텔 방에서 오병길이 윤도를 바라보았다.

"예."

"대단합니다. 덕분에 우리가 굉장한 성과를 얻게 되었습니다."

"별말씀을⋯⋯."

"방수용 비서의 외사촌 형을 치료했다고요?"

"그분이 북한에서 유명한 한의사시더군요. 아마 제 침술법이 마음에 들었나 봅니다."

"그래, 무슨 병이었소?"

"암이었습니다."

"암?"

오병길과 박상직이 소스라쳤다.

"암도 침으로 고친단 말이오?"

오병길이 물었다.

"고칠 수도 못 고칠 수도 있는데 운이 좋았습니다."

"무슨 암이었길래요?"

박상직의 질문이 이어졌다.

"췌장암이 간장과 폐장, 어깨와 이마 부위로 전이된 케이스였습니다. 그저 죽을 날을 받아두신······."

"······!"

윤도의 설명에 두 사람은 입을 쩌억 벌렸다. 그냥 췌장암을 고쳤다고 해도 믿기지 않을 판에 여러 장기에 전이된 케이스라니······.

"허어!"

둘은 한숨만 쉬었다. 판세가 돌아가는 걸 보니 농담은 아닐 일이었다. 자그마치 죽은 사람조차 살린 윤도가 아닌가?

"이거 사과부터 해야겠소. 이제 보니 명의가 아니고 신의가 아니오?"

"그저 운이 좋았을 뿐입니다."

"아닙니다. 그렇다면 더욱 잘된 일이지요."

"······?"

"채 선생, 지금부터 내가 하는 말을 잘 들으세요. 이건 우리 국익에 아주 중요한 일입니다."

"말씀하시죠."

"이제 주석궁으로 가서 북쪽 지도자를 만나게 되면 선생의 의술을 최대한 발휘해 주시오."

"무슨 말씀이신지……"

"여기 지도자의 건강 말입니다. 가능하면 질병이 있는지 없는지의 유무를 함께 알아달란 말입니다."

"……"

"주석궁 연회초대 말입니다. 이쪽 친구들에게서 의례적인 인사와 정찬 얘기 외의 정치적인 발언은 금한다는 통보가 왔습니다. 하지만 우리는 특사로 왔으니 최대한 많은 정보를 가지고 돌아가야만 합니다. 지도자의 건강에 대한 정보도 중요한 정보지요."

"가능한 한 노력해 보죠."

윤도가 고개를 끄덕였다.

오랜 경색 국면 끝에 이루어진 남북 밀담. 서로 입장 차이를 확인하는 것 외에 특별한 합의가 나오기에는 시기상조였다. 윤도는 오병길의 말을 이해했다.

주석궁으로 출발하기 전, 윤도와 오병길 등은 북한 정보 당국자들에게 한 번 더 주의 사항을 들었다.

정치적 발언 금지.

그들의 주문이었다.

"채 동무!"

48세의 북한 지도자 탁일범.

두 번째 만남이었다.

그의 액션은 지난번보다도 크고 굵었다. 목소리도 카랑카
랑 주석궁을 울렸다. 검은 인민복 차림의 그는 성큼 다가와
윤도의 손부터 잡았다. 편안한 분위기에서 보니 훌쩍 큰 키에
두툼하게 튀어나온 뱃살이 푸짐해 보였다.

"고맙소. 우리 공화국 영웅 둘을 구해주다니……."

"과찬입니다."

윤도는 평상적인 말로 인사를 대신했다.

"자자, 다들 앉읍시다. 오늘 준비되고 있는 요리 재료가 아
주 좋아요."

지도자가 좌중을 향해 말했다. 북한 측에서 세 명, 한국에
서 세 명이었다. 북한은 지도자와 한길상, 방수용이 나왔고
한국은 윤도와 오병길, 그리고 박상직이었다. 김광요는 초청에
서 빠졌다. 국정원 간부이기에 꺼린 조치로 보였다.

"그래, 채 동무의 침이 가히 신의급이라고?"

정찬 좌석에서 지도자가 물었다.

"침술 하나는 차평재 선생에 버금가는 모양입네다."

한길상이 대답했다.

"그럼 차상광 동무와는 어떻소?"

"아무래도 차상광 동무에게는……."

한길상이 말을 아꼈다. 그들에게는 편작이나 화타에 다를 바 없는 차상광. 그렇기에 그 반열에 윤도를 올려주지 않았다.

"하긴 아버님 말하시길 차상광 동무는 척 보기만 해도 아픈 곳을 알아낸다고 했지."

"우리의 민족적 영웅이 아닙네까?"

"어떻소? 채 동무… 동무도 척 보면 아픈 데를 알 수 있는 건가?"

지도자가 윤도를 바라보았다. 순간 오병길의 미간이 꿈틀 흔들렸다. 그가 기대하던 순간이 온 것이다.

"그런 일은 제나라의 태창공쯤 되어야 가능한 일로 알고 있습니다."

윤도가 겸허히 답했다.

"하지만 죽은 장교를 살리고 가망이 없다던 차평재 동무를 살리지 않았나? 그 정도라면 될 것도 같은데?"

"그렇게 되어보려고 노력 중입니다."

"그럼 내 이 뱃살은… 침으로 뱃살도 뺄 수가 있나?"

지도자의 말과 함께 오병길이 젓가락질을 멈췄다. 이제는 더 긴장하는 그였다.

"가능하기는 합니다만……."

"그럼 나도 침 좀 부탁해 볼까?"

지도자가 방수용을 바라보았다.

"지금 말씀입니까?"

"왜? 오래 걸리나?"

방수용의 반응을 본 지도자가 윤도 쪽으로 시선을 옮겼다.

"그렇지는 않습니다."

"그럼 부탁합시다. 기왕이면 빼고 먹으면 더 좋지. 요즘 배가 자꾸 더 나오는 거 같아서 말이야."

지도자가 웃었다. 졸지에 즉석에서 침을 놓게 되었다. 하지만 윤도 앞에 놓여진 건 북한산 호침이었다. 주석궁에 들어서면서 소지품을 모두 맡기고 들어온 윤도. 북한 측은 지도자의 안전을 우려해 안전한 호침을 내준 것이다.

가늘고 여린 호침!

지도자의 배와 규격(?)이 맞지 않았다.

"침 대신 이걸 써도 될까요?"

윤도가 기다란 젓가락을 들어보였다. 끝이 뭉툭했으니 안전상의 문제도 없을 젓가락이었다.

"젓가락으로 침을 놓는다고?"

지도자가 물었다.

"본래 침의 유래가 폄침(砭鍼), 즉 돌침입니다. 이만하면 돌침 역할은 할 만합니다."

"하핫, 그거 재미있군. 어디 한번 해봅시다."

지도자가 흔쾌히 수락했다.

꿀꺽!

지켜보는 오병길과 박상직의 목으로 마른침이 넘어갔다. 젓가락으로 침이라니? 마법이 아닌 다음에야 뭘 어떻게 하겠다는 걸까?

"먼저 맥을 좀 짚겠습니다."

윤도가 말하자 지도자가 손목을 내주었다. 그 맥을 잡았다. 윤도도 살짝 긴장이 되었다.

북의 지도자라서가 아니었다. 이렇게 탄탄한 뱃살을 가진 사람.

동시에 미식가 유전자로 불리는 사람의 건강은 어떨까? 이렇게 푸짐하면서도 건강할 수 있을까? 한국의 중장년들처럼 각종 성인병에 시달리고 있을까? 한의사로서 호기심이 땡긴 것이다.

고도비만은 많은 질병을 부를 수 있다. 암도 그렇다. 대장암, 간암, 신장암이 특히 그랬다.

"······!"

맥을 잡던 윤도의 눈가에 파르르 전율이 일었다. 복부의 끝··· 나란히 펼쳐진 족양명위경의 혈자리가 복부에서 끝나는 곳. 아련한 사기(邪氣)가 느껴졌다. 한 번 더 체크하려는 찰나, 지도자가 몸을 움직였다.

"어디 이상이라도 있나?"

"아, 아닙니다."

윤도가 손을 놓았다. 아쉽지만 종합 진찰을 의뢰받은 일이
아니었다.

다음으로 지도자의 두툼한 뱃살을 문질러 주었다. 혈자리
주변이 풀리자 젓가락을 뒤집어 잡았다. 더욱 뭉툭한 쪽이었
으니 한길상의 경계심은 조금 더 풀렸다.

"혹시 저울이 있으면 체중을 재보시죠."

"체중?"

"이걸로 얼마나 빠지겠습니까만 그래도 눈으로 확인하면 재
미가 붙을 겁니다."

"그거 좋지. 제대로 되면 내가 좋은 선물을 주겠네."

지도자는 수행원이 가져온 체중계 위에 올라섰다. 그 몸무
게 또한 비밀이었다.

"조금만 참으십시오."

젓가락 장침.

그게 뱃살을 누르고 들어갔다. 옷을 입은 그대로였다. 배꼽
좌우의 천추혈과 배꼽 아래의 중극혈이었다. 옷 때문에 혈자
리 각을 확보하기 힘들었지만 윤도의 손가락은 달랐다. 옷 너
머에서 전해오는 혈자리의 감각을 기어이 잡아낸 것이다. 한
혈을 1분 정도 누르고 떼었다. 그렇게 하기를 서너 번 반복했
다.

"이제 저울에 올라가 보시죠."

윤도가 인사를 하고 물러났다. 지도자는 성큼 걸어가 체중

계에 올랐다. 그러고는 파안대소를 터뜨렸다.

"이야, 이거, 이거……."

"빠졌습네까?"

한길상이 거리를 둔 채 물었다.

"빠졌소. 무려 2.5㎏이나……."

지도자는 믿기지 않는다는 표정을 지었다.

짝짝짝!

북한 측 인사들이 일제히 일어나 박수를 쳤다. 한국 특사단도 예의를 갖춰주었다.

"체중 관리가 필요하면 오미자를 즐겨 드시기 바랍니다. 그걸 먹으면 과식을 막을 수 있습니다."

윤도는 오미자 추천으로 젓가락침을 마무리를 했다.

덕분에 정찬 자리 내내 한의학 얘기가 오갔다. 차평재가 건강을 되찾으면 남북 한의학 교류도 한번 해보자는 말도 나왔다.

윤도에게 안겨진 선물도 엄청났다. 무려 대물 차가버섯과 산삼을 안겨준 것이다.

'분석……'

직업은 못 속인다. 북한산 약재가 궁금한 윤도는 생체 분석기부터 작동시켰다.

[원산] 북한.

[약재 수령] 66년.

[약성 함유 등급] 中下품.

[중금속 함유] 미량.

[곰팡이 독소] 무.

[약재 사용 유무] 가능.

[용법 용량] 기존 용법에 준함.

[약효 기대치] 中中.

산해경 기준 中下품이니 현실에서 적어도 上급에 속하는 차가버섯. 산삼 역시 80여 년을 묵은 대물. 혹시나 핵 미사일 방사능 찌꺼기가 있을까 하던 걱정은 깨끗이 사라졌다. 윤도는 환대를 받으며 주석궁을 나섰다. 북한 방문의 마지막 밤이었다.

"잊지 못할 거외다. 채윤도 선생."

다음 날, 공항으로 향하기 전에 차평재가 찾아왔다. 휠체어에 앉은 그는 눈빛이 더욱 성성했다. 단 하루 사이지만 놀라운 회복에 들어섰다는 증거였다. 그렇다고 해도 거동은 무리였지만 그가 고집한 모양이었다.

인민의 영웅.

북한 한의의 대표자.

그런 호칭이 아니더라도 방수용을 당 서열 10위권까지 올려주고 북한 지도자들에게 대를 이어 신뢰를 받게 한 원동력 차평재. 방수용은 차평재의 고집을 막을 수 없었다.

"쾌차하시기 바랍니다."

윤도가 웃었다. 북한에서 처음 만났지만 오래 지인 같은 느낌이 왔다. 인연이란 묘했다. 기도환에서 비롯된 가지로 연결되다 보니 각별한 느낌마저 드는 것이다.

"안녕히 가시라요."

옆을 보니 수란과 정길도 있었다. 둘도 단정하게 인사를 해왔다.

"채 선생님."

차가 출발하기 직전 접객부로 있던 아가씨가 음료수를 건넸다. 그녀 역시 윤도에게 도움을 받았다. 화농의 피부염이 있길래 곡지혈을 잡아 도움을 주었던 것이다.

"아버지 잘 모셔라."

방수용은 수란에게 당부를 남기고 윤도가 탄 차에 올랐다.

부릉!

"안녕히 가시라요."

"또 오시라요."

수란과 정길의 풋풋한 목소리를 뒤로 하고 차가 출발했다.

"채 선생……."

옆 좌석의 방수용이 입을 열었다. 조수석에는 이제 그의 심복 서경세가 자리를 잡고 있었다.

"예."

"길고 긴 사흘이었습니다. 안 그래요?"

"그렇군요."

"형님 일은 다시 한번 고맙습니다."

"이 침통……."

윤도가 기도환의 침통을 들어 보이며 말을 이었다.

"실은 이것 때문에 저를 북한으로 초청한 거죠?"

"반은 그렇고 반은 여기 서경세 동무 덕분입니다."

방수용이 조수석의 무뚝뚝한 남자를 가리켰다.

"이 동무가 우리 외사촌 형님을 잘 압니다. 침술에도 나보다 조예가 깊지요. 그때 남한의 병원에서 간 이식을 받을 때 아마 채 선생 침술에 반했던 것 같습니다. 그렇기에 제게 그래요, 남한은 현대 의학도 발달했지만 침술도 굉장한 것 같더라고… 간 이식보다 선생 침에 더 놀랐다고……."

"……."

"다른 동무가 그랬다면 그냥 넘겼겠지만 서 동무 말이기에 김광요 차장보를 졸랐지요. 청와대에서 밥 먹을 때 채 선생과 같이 먹으면 안 되겠냐고……."

"아… 네……."

윤도가 고개를 들자 서경세가 꾸벅 목 인사를 해왔다. 그제야 기억이 살아나왔다.

그때… SS병원의 간 이식 수술실… 집도의 강기문의 어깨에 자침하는 윤도를 매섭게 관찰하던 서경세… 이제야 그 눈빛이 이해되는 윤도였다.

"돌아보면 세상은 인연으로 이어진 것 같습니다."

"모쪼록 남북 관계도 잘 풀렸으면 좋겠군요."

윤도가 처음으로 남북 관계의 소감을 피력했다.

"잘될 겁니다. 서로가 파국으로 치달으면 민족적 비극밖에 남을 게 없다는 건 남북의 공통된 견해니까요."

담소하는 사이에 공항이 가까웠다. 차는 그대로 활주로로 들어갔다.

"서울에서 봅시다."

오병길이 마중 나온 당 비서와 악수했다. 방수용과도 악수를 나누었다. 대표단은 트랩을 올랐다.

"잘 가시오, 채윤도 선생."

방수용이 손을 들어 보였다. 그 손짓이 북한 일정의 끝이었다.

차상광.

차평재.

비행기 창으로 내다보니 구름이 두 사람의 얼굴을 만들어 냈다. 하지만 이내 또 하나의 얼굴이 생겼다. 바로 노윤병이었다.

서울의 노숙자… 평양 땅에서 이륙하기 무섭게 그가 궁금해졌다.

침 때문이었다. 그의 침통에 든 침은 소위 나노 침에 가까웠다. 어쩌면 오장직자침법에 적합한 침이었다. 그렇다면 그 노숙자도 오장직자침을 놓을 수 있단 말인가?

『한의 스페셜리스트』 7권에 계속…